魔幻偵探所

30

幽靈旅館

關景峰 著

新雅文化事業有限公司
www.sunya.com.hk

魔幻偵探所
人物介紹

南森

身分：魔幻偵探所創辦人、領頭羊

年齡：120歲

畢業學校：斯塔福德學院（伏魔系）

學位：博士

捉妖經驗：108年，獲得「捉妖能手」、「怪獸剋星」等稱號

性格：遇事鎮定、善於思考，生氣時聽到幾句好話氣就消了

最具殺傷力的武器：
顯形粉、細妖繩、無影鋼鐵牆

海倫

身分：魔幻偵探所成員，南森的得力助手

年齡：13歲

畢業學校：劍橋大學（法術系）

學位：學士

捉妖經驗：1年

性格：開朗、逢事觀察細緻，吵架時總讓着本傑明

最具殺傷力的武器：細妖繩、凝固氣流彈

本傑明

身分：魔幻偵探所實習生

年齡：11 歲

就讀學校：牛津大學（捉妖系）

捉妖經驗： 3 個月

性格：聰明淘氣、遇事毛躁

最厲害的戰術：非常規戰術

派恩

身分：魔幻偵探所實習生

年齡：10歲

就讀學校：倫敦大學魔法學院
（反幽靈技術系）

捉妖經驗：1個月

性格：聰明活潑，非常好勝，有時
候喜歡誇誇其談

保羅

身分：魔幻偵探所機械狗

年齡：100 歲

工作能力：無所不知的電腦資料
庫，善於用百分比分析事物

性格：異想天開、調皮、懶惰

最喜歡的食物：潤滑油

最具殺傷力的武器：追妖導彈

細妖繩

能夠對準魔怪迅速旋轉收縮，將它細緊綁實，繩子一旦落到魔怪身上，就像嵌入肉裏，魔怪越掙脫綁得越緊，當然放繩子時可要放得準才行。

無影鋼鐵牆

這堵牆其實就是氣流，它把氣流變成了無影無形的鋼鐵牆壁，能將敵人困在其中，衝不出去。

顯形粉

這是一種非常神奇的粉末，即使魔怪偽裝、隱形了也完全能顯現出它的原形。對了，「顯形」就是「現出原形」的意思！

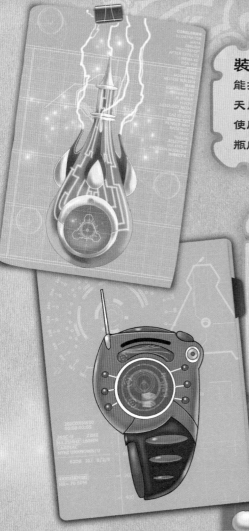

裝魔瓶

能把魔怪收進裏面，使其在三天內化成清水的神奇瓶子。即使魔怪身形再龐大，也能收進瓶內。

幽靈雷達

能夠準確測定氣流存在的方位，並及時發出警報的裝置。它能跟蹤、測定魔怪在哪裏。不過，如果魔怪的魔力非常強，幽靈雷達有時候也可能測不到，它的更強大的功能還有待你去改進！

追妖導彈

能夠自動尋找魔怪，進行智能追蹤的導彈，這種導彈威力比較大，一般魔怪根本抵抗不了。

魔幻偵探開始行動！

目錄

第一章 巴頓叔叔

「博士，你看我們現在要不要去訂幾隻大龍蝦呀？最好還有魚子醬……」本傑明用火柴點亮房間裏的幾支大蠟燭，「燭光已經有了，美食送來就是真正的燭光晚餐了。」

「噢，本傑明，你可真能鬧，我的試驗剛才只做了一半。」南森説着看了看在廚房裏點着蠟燭做飯的海倫，「海倫，是説七點前修好吧？要不要再出去問問？」

「我問過了，説是七點前修好。」海倫説道。

下午的時候，距離魔幻偵探所二百多米的貝克街上，有人在施工時不慎挖斷地下輸電管線，造成貝克街和附近幾條街道停電，此時市政人員正在全力搶修，海倫剛才去問過了，説是晚上七點前一定會恢復供電。

「噢，點蠟燭了。」派恩剛才一直在沙發旁看漫畫書，他用魔法點亮一個小小的亮光球，看到本傑明點了蠟燭，連忙熄滅亮光球——這樣會耗費魔法能量，派恩跑到桌子邊坐好，眼睛一直沒離開那本書。

「什麼書呀？」本傑明問，「連蠟燭都來不及點，看

8

得這麼認真。」

「《變成金剛》。」派恩低着頭，「好啦，別打攪我，我看完給你看。」

「沒聽説過這本書。」本傑明一臉的不屑，他感到有點熱，「今天可真夠熱的呀，要是能開電風扇或者冷氣……」

「別開電風扇！」派恩叫了起來，「會把蠟燭吹滅的。」

「看你的書吧！」本傑明有些哭笑不得，「能開電風扇還用點蠟燭嗎……啊，什麼人？」

本傑明驚叫一聲，因為他看到紗門外有個影子在晃動。大家聽到本傑明的喊聲，都立即警覺起來，連海倫也從廚房走了出來。

「你們好……」門口確實站着一個人，他招招手，「這裏就是魔幻偵探所吧？」

「是的。」本傑明走了過去。

「噢，請問派恩在不在？」那人問道，「我是他叔叔，我叫巴頓。」

「派恩的叔叔？」本傑明連忙開門，藉着燭光，他能大概看清門口那人，這人身材比較魁梧，模樣真的和派恩

有幾分相像，本傑明連忙轉過頭去，「派恩，你的叔叔來了——」

「叔叔？」派恩聽到喊聲，放下了漫畫書，連忙走到門口，「噢，巴頓叔叔，你怎麼來了？我爸爸生日那天我把你的鞋帶綁在椅子上的那件事你知道了？你不過就是摔在蛋糕上而已……」

「噢，不是為這件事。」巴頓連忙擺擺手。

南森和海倫、保羅都走到了門口，本傑明連忙向巴頓介紹南森博士，巴頓握住南森的手，激動地搖晃着。

「……真是不好意思，來之前我要打個電話的。」巴頓說，「但是我想，不管打不打電話，我一定要來的，所以我就直接來了，我終於看到你了，南森先生。」

「你來我們這裏……好像不是來看望派恩的。」南森察覺出了什麼，「是來找我的？」

「對，我就是來找你的。」巴頓被請到了房間裏，他看到了蠟燭，「噢，真是浪漫，燭光晚餐……」

「實際上是停電。」派恩連忙解釋。

話音剛落，房間裏的電燈全都亮了，供電恢復了。

「噢，我這天下第一超級無敵卡車司機總是能給人帶來驚喜。」巴頓揮着手臂，「我一來就不停電了。」

「天下第一超級無敵……好熟悉的叫法。」本傑明看着巴頓，「你是天下第一超級無敵的……卡車司機？」

「對，我是天下第一超級無敵的卡車司機，我哥哥，就是派恩的爸爸是天下第一超級無敵銷售經理，我的爸爸也就是派恩的爺爺是天下第一超級無敵小學教師……」

「噢，我明白了。」本傑明說完看看派恩，大概明白為什麼派恩總是自稱天下第一超級無敵魔幻小神探的原因了，這是他們的家族傳統。

「他還是天下第一超級無敵話多王。」派恩唯恐漏掉什麼，向大家介紹說，「他知道什麼就會全說出去。」

「我那是誠實的表現。」巴頓很是自豪地說，「派恩，你爸當年給你媽買的結婚鑽戒不值一千鎊只值五十鎊的事我就沒有到處去說嘛，我記得我從來就沒對別人講過，今後也不會去外面亂講的……」

「這、這……」本傑明看看大家，「這還不算亂講嗎？」

「巴頓先生，請問你來找我們有什麼事嗎？」南森看看巴頓，「我們談正事吧。」

「有事，當然有事。」巴頓大聲地說，他激動起來，「亞伯丁的北海旅館有幽靈，我朋友科林的死不是自殺，

11

是幽靈幹的……」

「巴頓先生，請慢慢説。」南森連忙擺擺手，示意巴頓不要激動。

「噢，我慢慢説。」巴頓點了點頭，「我是一個卡車司機，我開長途車，就是把那些在倫敦港卸貨的貨物運送到蘇格蘭去，格拉斯哥、愛丁堡、亞伯丁……長途車啦，不可能每天都回倫敦的家，有時候就會住在那邊，亞伯丁城南的北海旅館是我經常住的地方，其他一些長途車司機也喜歡住在那裏，科林就是其中一個，他是我的朋友，三天前我去那裏，聽老闆説科林一個月前在房間裏自殺了，這不可能，誰自殺科林也不會自殺……」

「為什麼？」派恩連忙問。

「他是那種……沒心沒肺的人，什麼事都無所謂……」巴頓又有些激動了，「他每天都樂呵呵的，包括他丟了一卡車的貨的時候，他的心態特別正面。」

「按照心理學角度講，樂觀的人的確不容易走上自殺絕路的。」南森點點頭説，「但是也許有什麼突發事件，他受到突然打擊……」

「警方説是因為他女朋友和他分手了。」巴頓揮揮手臂，「這就更不可能了，他又不是第一次和女朋友分手

了。」

「這個案件是當地警方處理的？」南森問。

「是，警方認定為自殺。」巴頓説，「警方被騙了。你們知道嗎？騙警方的是個幽靈，那個旅館有幽靈！」

「你覺得科林的死和幽靈有關？」南森繼續問，「找不到自殺原因，或者説科林的自殺原因也許不是因為和女友分手，也不一定就和幽靈有關。」

「我看見幽靈了。」巴頓突然説，他的樣子很認真。

在場的人都愣住了，所有人都盯着巴頓，這讓巴頓略感不適。

「我……三個月前的一個晚上，我去酒吧，回房間很晚，在走廊的時候我看見一個白色的影子從走廊上飄過，真的，是一個白色的影子，不是幽靈是什麼？」巴頓很是神秘地説。

「白色影子？」南森輕輕地搖了搖頭，「很多時候這種情況都被證明是誤判，或者是當事人的某種幻覺，真正的魔怪案件是極少的。」

「我當時也是這樣想的。」巴頓説，「你們都知道，我有什麼話都會去説的，我立即把這件事告訴了老闆，老闆説我喝多了，我也覺得可能是喝多了，眼花了，不

過……兩個月前，地下室燈泡爆炸了，這我可沒眼花。」

「地下室燈泡爆炸？」南森一愕。

「因為我經常住在那個旅館，和老闆非常熟了，而且關係非常好，老闆也是一個話多王，他偷喝很多啤酒還對老闆娘説是賣出去了這件事，他説就只告訴了我，不過後來大家都知道了，因為他接着就和菲力浦説了，又告訴了科林，噢，可憐的科林，已經死了……」

「巴頓先生，請説燈泡爆炸的事。」南森擺了擺手説。

「噢，剛才我説到哪了？噢，是了。我和老闆關係好，所以我有時候也幫他做一些事情。」巴頓想了想説，「兩個月前吧，我幫他去地下室搬行李箱，我進去後就開燈，燈亮了一下，燈泡就爆炸了……」

「燈泡爆炸也不是極為罕見的事呀，品質問題，地下室潮濕都能造成燈泡爆炸……」海倫説。

「燈亮了以後我看到一道綠光飛向燈泡。」巴頓

打斷了海倫，「絕對是射向燈泡的。」

「綠光？」南森立即變得警覺起來，「什麼樣的綠光？」

「就是綠光，鉛筆粗細，比鉛筆長一些，飛行速度極快，不注意看不到，但我剛好看到了。」巴頓說，「我把這件事告訴老闆後，老闆說有一次他進去拿東西，剛開燈，燈泡也爆炸了，他倒是沒看見綠光。那個地下室嘛，不是很潮濕，如果因為潮濕發生燈泡爆炸，那裏面的燈泡應該經常爆炸，還有，老闆買的燈泡品質也沒問題，樓上房間的燈泡都是一起買來的，從沒有爆炸過。」

「綠光……爆炸……」南森看了看巴頓，「對了，巴頓先生，你最近還會去北海旅館嗎？」

「我才不會去呢。」巴頓差點跳了起來，「我還會對我那些司機朋友們說，不要去那鬧鬼的旅館，不過他們大都不信……噢，對了，我也給老闆打過電話了，我說他們那裏有幽靈，叫他別開店了，可是他不信……」

「很抱歉，巴頓先生。」南森很是遺憾地搖了搖頭，「我想你遇到的事件都是一些巧合，也許你由於駕駛疲勞產生了一些幻覺，這也很正常，所以我不認為那家旅館有幽靈……」

「啊？」巴頓當即愣在那裏。

「叔叔，你還有什麼其他的線索嗎？」派恩也開始着急了，「你再仔細想一想。」

「我、我想不出來了⋯⋯」巴頓有些不知所措地抓抓腦袋，他看着南森，「我對魔法這些並不了解，只是派恩學的是魔法，還在你這裏實習，和我們講了很多你的故事，所以我直接就想到你了，如果你都覺得那家旅館沒有幽靈，我都不知道怎麼處理這件事了，我堅決認為北海旅館有幽靈⋯⋯」

「巴頓先生，你出於好意來找我，這點我知道。」南森顯得有些無可奈何，「但是這是警方已經認定的案件，而且你的證據都似乎是建立在幻覺的基礎上，所以我們不能接這個案件，請你理解。」

「噢，噢。」巴頓垂頭喪氣地站了起來，「真是遺憾，我要去喝幾杯了，我還要祝願北海旅館今後別出事情，噢，要是再出事，你們可要記得我來過這裏⋯⋯」

「巴頓叔叔，我們幫不了你。」派恩也站了起來，他有些遲疑地看着南森，「不過我總覺得這個案件⋯⋯」

「那麼南森先生，再見。」巴頓向門口走去，他忽然站住，看了看派恩，「派恩，上次把我的鞋帶綁在椅子上

是你幹的？你不說我還不知道呢。」

「巴頓叔叔，一個很小的玩笑。」派恩吐吐舌頭。

「你可真是我們家的人，從來就守不住秘密。」巴頓說着走向門口，「這可是你自己說出來的⋯⋯」

大家把巴頓送走，一起向回走去。本傑明這時才發現，蠟燭還點着，連忙和海倫一起吹滅了蠟燭。

「老伙計。」南森看了看保羅，「馬上訂去亞伯丁的飛機票，海倫，找出亞伯丁城南北海旅館的具體位置⋯⋯」

「博士──」海倫聽到這話，愣住了，「我也覺得確實有疑點，你覺得⋯⋯」

「疑點非常大，你們可以把巴頓的所見都聯繫起來──走廊上的白影子，射向燈泡的綠光，科林死了。」南森說，「尤其是燈泡爆炸，這是因為突然開燈讓幽靈不舒服了，它見不得光，就射滅了燈泡。人可能產生幻覺，但很難產生短促綠光這樣具體的幻覺，鉛筆長的綠光就是幽靈射出的電光，既然那裏有幽靈，科林的死也極可能和幽靈有聯繫。」

「那你還把我叔叔趕走！」派恩似乎有些小小的生氣。

「你這個巴頓叔叔臨走的時候也説了，守不住秘密是你家的傳統。」南森苦笑着看看派恩，「只要我説同意去，我們人還沒到，巴頓的電話一定已經打給同樣話多的旅館老闆，還有他的那些朋友，如果真有幽靈在那個旅館裏，一定也會知道我們就要去了，你覺得我們還能抓住幽靈嗎？」

「這個……」派恩也笑了起來，「那是抓不住了，幽靈知道我們要去會跑得很遠的。」

「所以我故意回絕了你的叔叔，委屈他了。不過消息絕對不會走漏。」南森微微地點着頭，「我們這次去要隱藏身分，我看我還要變化一下外貌呢。」

「好多人在電視上看過你，確實要變一變。」保羅説，「變成……」

「變成金剛。」派恩在一邊嬉笑着説。

「派恩。」南森假裝生氣，看着派恩。

「這本書的書名。」派恩連忙拿起桌子上的漫畫書《變成金剛》。

「我説了多少遍了，要多看那些世界名著。」南森拿過派恩的漫畫，翻了幾下，「看完給我看看……」

「博士，只有明天早上的航班了。」保羅走到南森身

19

邊説，「要訂票嗎？」

「好，就這班。」南森點點頭。

「博士，北海旅館在這裏，亞伯丁南邊的格林維爾路，靠近A956高速公路，旅館附近還有一個很大的停車場。」海倫把手機遞給南森看，「我想這就是司機們喜歡住在那裏的原因。」

南森接過手機，滑動着熒幕，隨後把地圖縮小，點了點頭。

「向東不到兩公里就是北海海岸，嗯，很好，很好……」

第二章 北海旅館

第二天一早，大家起牀後看到南森，都很是驚異。南森的頭髮全都變黑了，這不是用魔法變的，而是他把頭髮染黑了，眼鏡也換了一副大黑框的，這個形象確實和他在電視上的外表相差一些，外人不容易認出來。至於幾個小助手，則沒有什麼特別的裝扮，還都是一副學生模樣。

他們搭乘最早的航班，抵達了亞伯丁。到了機場後，他們立即叫了一輛計程車，趕往城南的北海旅館。

「……135，137……」海倫在計程車裏看着格林維爾路的門牌，一個個地唸着，「啊，就是這裏了，格林維爾路139號，北海旅館……」

計程車停下後，大家下了車，格林維爾路不算寬，兩邊的建築也都比較稀鬆，高大建築更少。天陰沉着，有些風。因為瀕臨大海的原因，站在路上大家就能感到那種大海的味道。

北海旅館是一個兩層的小樓，四四方方的，樓頂是坡度不大的尖頂，這幢建築本身毫無特別之處。旅館正門旁有一塊銘牌，上面寫着旅館的名字，門口還掛着一面旗

21

子，也寫着旅館的名字。

大家提着各自的行李，向旅館大門走去。下車後海倫抱着保羅，保羅則盡量保持不動，他要扮成玩具狗，因為寵物狗是不能被帶進旅館的。保羅一下車就開啟了魔怪預警系統，並接連向旅館裏發射了多個探測信號，不過沒有出現任何魔怪反應。保羅看看南森，輕輕搖了搖頭，南森則點點頭，他推開門，走進了旅館。

「嗨，早上好。」旅館裏有一個不大的前廳，廳裏有一個前台，前台後一個六十歲左右的老者站了起來，熱情地向南森他們打招呼。

「你好。」南森走到前台前，拿出了一張駕駛執照遞給那個老者，這是一張倫敦警察局特別給南森準備的駕駛執照，上面的身分是另一個人，使用這個駕駛執照就是為了南森查案時不被認出，只不過以前極少使用，「我叫西曼，從倫敦來，這幾位是我的學生，我們昨晚訂了你們這裏的大套房……」

「噢，西曼先生。」老者滿臉微笑，「倫敦的西曼先生，我知道，房間已經給你們預備好了，歡迎光臨亞伯丁，我叫布尼爾，有什麼事隨時找我，我們這個旅館不大，但是你能找到家的感覺。噢，我給你們拿門卡……」

　　布尼爾把一張門卡遞給了南森，然後看了看海倫他們。

　　「噢，幾個小孩子，不用上課的感覺不錯吧，我想你們都是翹課出來的，我從小就喜歡翹課……」

　　「我們沒有翹課……」海倫連忙說。

　　「我們獲得一筆學習計劃經費，前來研究北海的潮汐情況。」南森說道，這套說辭也是事先準備好的。

　　「北海……潮汐……不錯……」布尼爾略有尷尬地笑了笑，不過他隨即指着門外，「向東走一會就是北海的海灘，搭乘巴士只需一站，哦，那是終點站，再開就開進大海了，哈哈哈……」

　　「謝謝，知道了。」南森他們也跟着笑了起來，並連忙道謝。

　　「哦，小狗不錯。」布尼爾看看保羅，還沒有結束說話的意思。

　　「他叫保羅，他是玩具狗。」派恩搶着說，唯恐保羅被看出來不是玩具狗一樣。

　　「保羅，很好的名字。他看上去可真可愛，要是能說話就好了，我朋友養的那隻和這隻差不多呢，真像是兄弟……」

「我們這隻……」海倫看看保羅，「一直在倫敦……」

「噢，倫敦，我以前去過幾次，太大，太鬧……」

布尼爾的話真多，大家應付了幾句，隨後一起上了樓。他們的套房是205房間，本傑明進了房間，四下看着，這裏不算大，不過乾淨、整潔，房間風格有些古典格調，他們還都頗滿意。

「『西曼』先生，沒有發現任何魔怪反應。」保羅走過來，笑嘻嘻地對南森説道。

「這個老伙計。」南森蹲下身子，摸了摸保羅的頭。

「可惜我們住在二樓，要是一樓，直接探測到地下室了。」海倫已經拿出了幽靈雷達，對着地板下搜索。

「無所謂，這麼小的一個旅館。」保羅説，「我的探測信號能發射到地下室，我都收到遇到地面的阻力反射了，但是什麼魔怪反應都沒有。」

「把行李箱都放下，我們去警察局。」南森吩咐道，「我們要拿到科林自殺案的一手資料，這個案子應該沒那麼簡單。」

大家放好了行李箱，然後一起下樓，布尼爾仍然在前台後面，很熱情地向他們打招呼，還叮囑他們海灘風比較

大。

南森他們可不是去海灘的，他們叫了一輛計程車，直接去了市中心的亞伯丁警察局。他們到了警察局的警務處，剛進去，就見一個年輕的警官站了起來，好像是在等着他們呢。

「南森先生。」年輕警官走了過來，「我叫魯道夫，倫敦警察局已經給我們打過電話了，叫我們全程協助你們，請跟我來。」

魯道夫警官拿着一疊資料，把大家帶進一間辦公室，他看着南森，笑了笑。

「你和電視裏確實不太一樣了。」魯道夫指了指自己的頭髮，「這個偽裝很成功。」

「那就好。」南森也笑了笑，隨後，他拿過魯道夫遞過來的資料袋，「這個案子已經結案了？你們確定死者是自殺？」

「其實這個案子我參與了，所以警司叫我來協助你們。」魯道夫説，「全部資料都給你了，我們認定這是一宗自殺案件，你説這宗案件可能是魔怪作為，我們都很吃驚，不過真要是魔怪所為，我們的確也會上當。」

「這很正常，你們也不是魔法警察。」南森説。

「嗯。」魯道夫說，他忽然看了看南森，「南森先生，請問過往案例中，有沒有被害人的意識完全被魔怪操控而自殺或者去殺人呢？」

「據我所知，法術最為頂級的魔怪也很難達到這個水準。」南森說，「魔怪會有些手段使人產生幻覺、昏迷，不過完全操控人則幾乎不可能，不是說魔怪沒有過這種嘗試，但是人類的潛意識能抗拒這種試圖操控的行為。」

「噢，我明白了。」魯道夫若有所思地說，「這個案子……科林死於自縊，現場分析和屍檢都確定他是自殺身亡的，如果魔怪能夠操控人的意識，那麼科林有可能被操控自殺，但是你剛才說魔怪沒有這種能力，那麼現場的分析認定科林死於自殺就有誤了？」

「我來看看報告。」南森沒有再多說什麼，打開了資料袋。

資料袋裏有整個案件詳細的過程報告，以及現場勘驗、屍檢、現場照片等報告。資料顯示，科林是一個月前的晚上自殺的，死亡時間是凌晨一點，第二天上午，進入房間打掃衛生的清潔工發現科林自縊在一根架空的暖氣管道上，於是報警。現場沒有發現任何搏鬥跡象，科林在旅館住宿期間活動也正常，科林的血液檢測中含有酒精成

分，表明他死前有過飲酒，但這絕對不是他的死亡原因，警方最後認定科林死於自殺。

　　南森和幾個小助手開始仔細翻看那些資料，魯道夫在一邊靜靜地坐着。看了將近半個小時的資料，南森對整個案件有了一個大概的了解。

　　「魯道夫警官，我看了證人證言，有幾個和科林相熟的人，包括旅館老闆，都説科林是一個樂觀的人，這種人不大會去自殺。」南森看着魯道夫，「警方也認真記錄了這些人的話，那麼這些證言沒有被採信，對嗎？」

　　「是的，這些證言有沒有被採信，對案件結論也沒有任何影響。」魯道夫説，「這都是一些人的主觀認知，警方斷案要的則是證據，而且如果科林遇到了什麼突發事件，一時想不開，也不是不可能。」

　　「那麼你們找到科林遇到了什麼突發事件嗎？」南森問，「他女朋友和他分手了？」

　　「我們調查過，他的確剛和女友分手。」魯道夫説，「不過這件事對科林似乎沒有造成什麼太大影響，我們只是從現場勘驗結果得出自殺的結論。」

　　「明白了。」南森點點頭，隨後看看幾個小助手，「資料你們都看完了？」

　　幾個小助手點點頭，南森讓海倫收好資料，這份資料他們要帶走。

　　「下一步，我們要去案發現場看看。」南森又看看魯道夫，「那個房間還在警方封鎖中？」

　　「五天前解除封鎖了。」魯道夫說，「房間應該被整理過了，據我所知，一些知道此事、經常住在那裏的司機都不去住了，這家旅館目前客人較少，房間應該沒有客人。」

　　「被整理過了……」南森低着頭，若有所思地說，隨後，他抬頭望着魯道夫，「你來幫我們確認一下，看那個房間現在是否有客人？」

　　魯道夫答應一聲，拿起了電話，撥通了北海旅館的電話，接電話的正是布尼爾。魯道夫和他說了一會話，隨後掛了電話。

　　「房間一直空着，不過確實被打掃過了。」魯道夫說，「你們可以去勘驗，要我們的協助嗎？」

　　「不用，這個案子現在已結案，我們這次也是秘密查案。」南森微微一笑，「放心吧，我們有辦法。」

　　半個多小時後，南森他們回到了旅館。布尼爾正在和一名員工說話，南森他們已經了解到，這家旅館除了布尼

爾和他的夫人，還有三名員工。

「嗨，西曼先生。」布尼爾看到南森，連忙打招呼，「怎麼樣？海邊風大吧？」

「嗯，比較大。」南森笑了笑。

他們來到樓上，喝了些水，南森手裏的資料一直沒有放下，他看看大家，對大家點點頭。

「看不見我的身也看不見我的形。」南森唸了一句口訣，「唰」的一下，他隱去了外形，不見了。

幾個小助手各唸口訣，也都隱身了。

「不要弄出聲響，我們去101房間。」南森對大家說，隨後，他悄悄地打開門，走到走廊上，看到走廊上沒人，他對大家招招手，此時，隱身的人之間相互能看到。

第三章 偽造的現場

他們下到樓下，布尼爾還在和那個員工說話，他們在布尼爾身邊不遠處悄悄地經過，向101房間走去。南森拿着的資料此時也是跟着南森的身體隱形的。

101房間在一樓走廊的左側，緊靠着盡頭的一間儲藏室，走廊裏很安靜。他們來到房間門口，南森先是謹慎地開啟透視眼，向裏面看了看，房間裏的確無人，一切都整整齊齊的。南森唸了一句穿牆術口訣，穿越進了房間，幾個小助手也都進了房間，房間裏的擺設很簡單，不過很整潔。到了房間之後，他們全都恢復了身形。

保羅一進房間就開始對房間進行掃描，他的眼裏先是射出兩道紅光，紅光分區覆蓋着角角落落，南森他們靜靜地站在門口，看着保羅進行掃描。

保羅把整個房間都掃描了一遍，收起了光束。他走到南森身邊，有些失望地搖了搖頭。

「房間被清理過了，事發也有一個月了。」南森拍拍保羅的頭，小聲説，「應該很難找到直接的魔怪痕跡了，我們來分析一下現場。」

　　說着，南森打開了資料袋，從裏面翻找出那些現場照片，他比對着照片，走到窗前，窗戶上有一根架空的暖氣管道。

　　「科林是在這裏自縊的。」南森指了指頭頂上方的暖氣管道，「噢，這根管道距離地面大概有兩米半……」

　　「他是站在椅子上自殺的，他踢開了椅子。」本傑明也看着照片，隨後他環視了一下房間，在一張寫字桌旁，他看到一把木質椅子，連忙跑過去，「照片上那把倒着的椅子應該就是這把椅子吧？」

　　「應該是，這不算證物，警方不會保留。」南森說。

　　「應該這樣擺着。」派恩跑過去，把椅子搬到窗前，隨後放倒在木質地板上，「科林踢倒後的椅子是這樣的……」

　　「派恩。」南森忽然叫了一聲。

　　派恩嚇了一跳，海倫他們也是，海倫警惕地用透視眼向外看看，生怕那聲音驚動了誰。

　　南森走到派恩身邊，看了看派恩放倒的椅子，隨後找到一張資料照片，照片拍攝的正是那把被踢倒的椅子，南森蹲下身子，根據照片上的位置，微調了椅子的位置。

　　「對，派恩，你說的沒錯，踢倒後的椅子就是這樣

32

南森從放倒的椅子獲得什麼線索？

的，椅座對着大門……」南森説着站了起來，「派恩、派恩，你這個舉動真好……」

「我嗎？」派恩先是一愣，隨後笑了起來，「我天下第一超級無敵魔幻小神探的每個舉動都好……」

南森忽然再次蹲下，他掏出了放大鏡，隨後把椅子拿開，趴在地上用放大鏡仔細地找尋着什麼。

「你剛才有什麼舉動？」本傑明走到派恩身邊，輕輕碰碰他，説道。

「我……」派恩也説不上來，只是不知所措地抓抓頭髮。

這時，南森站了起來，他收起了放大鏡。

「現場有偽造的跡象，科林不是自殺的。」

這句話一出，大家都很驚異，守在門口的海倫也走了過來，保羅更是仰着頭，擺了幾下尾巴，目不轉睛地看着南森。

「你們看這把椅子，椅身很高，關鍵是椅座，完全是一塊厚重的硬木塊。」南森指着地面，「你們再看地板，木質的，比較新。這樣一把椅子被踢倒，砸在地上一定會形成痕跡，無論是重是輕，但是痕跡一定會有。但是我把椅座砸中木板的區域都找了，沒有任何痕跡。椅子是被放

34

倒的，就像剛才派恩那樣，被放倒的椅子是不會在木地板上留下重擊痕跡的。」

「這樣説，科林真是被魔怪殺的。」派恩搶過南森手裏的放大鏡，趴到地上仔細地看起來，「重大的發現，我天下第一超級無敵魔幻小神探的重大發現……」

「沒有發現魔怪痕跡。」南森説，「還不能完全確定科林就是魔怪所害，但是現場應該被偽造了，案子是他殺。」

「博士，你真是太厲害了。」海倫此時很激動，「一下就發現了作案痕跡了，警方都疏漏了……」

「這裏……」南森帶着一絲苦笑，「哎，治安環境太好了，他們缺乏辦案經驗……噢，科林是哪裏人？」

「南安普頓。」本傑明説，「報告上寫着的。」

「對，南安普頓。」南森點點頭，「下一步要通知當地警方調查科林是否與人交惡，也要查他是否有和魔怪接觸史，看看能不能找到進一步線索。」

「那這裏呢？」本傑明問。

「其他都是輔助調查，這裏才是重點，如果這裏真有魔怪，那麼和科林的死聯繫就很大了。」南森説着又看了看房間。

「保羅，你再把這個房間搜索一遍吧，我們要確認萬無一失。」海倫走到保羅身邊說。

「好，我知道，你做什麼事都認真，包括過度認真。」保羅搖着尾巴說。

保羅又對着房間搜尋了一遍，確認沒有遺漏什麼。南森把椅子放回原位，一切都復原後，南森告訴大家這裏的搜索結束，不過還要去發生過燈泡爆炸的地下室去看看。幾個人穿牆出了房間，經過走廊的時候，他們看到前台後面空無一人，布尼爾不知去哪裏了。

前台左側三、四米處就是地下室的入口，這裏有一條樓梯直通地下，他們下到去，看到這裏也有一條長長的走廊，走廊裏燈光昏暗，走廊的中間有一扇門，他們沒有開門進去，而是穿越牆壁進入到地下室裏，進去後海倫摸到門旁，打開了燈，還好，燈泡沒有爆炸。

這個地下室非常大，可以說是個地下廳，這裏沒有分隔開的房間，只是隔着幾米就有一根方形的立柱。地下室裏有些陰冷，也略顯凌亂，堆放了很多的牀架和家具，靠牆的一邊有一排一模一樣的櫃子，足有十幾個，這種櫃子和南森他們房間裏的櫃子一樣。在靠近門的地方，堆放着好幾個箱子，裏面似乎都是飲料和啤酒。

　　保羅在地下室裏開始了搜索，不過他把這裏搜了兩遍，都沒有發現任何魔怪跡象。這間地下室其實很普通，略有不同的是，地下室的牆壁是岩石，表面不是很平整，反正這裏是地下室，誰在乎牆壁是否平整呢？

　　搜索完地下室，他們上樓回房間。經過前台的時候，他們看見布尼爾正在打電話。回到房間後，他們都顯現出身形，南森連忙給魯道夫打電話，把剛才的發現告訴了魯道夫，隨後請警方幫忙查找科林最近的情況，特別是有沒有魔怪接觸史，魯道夫答應立即開始協助調查。

　　「果然是缺少經驗呀。」南森放下電話，望着幾個小助手，「魯道夫説，這個地區最近十幾年最大的案件就是有人酒駕闖紅燈，兇殺案更是多年不見，所以他們的調查經驗有限，他還向我表示歉意呢……」

　　「接着他們要幫我們調查科林了？」本傑明問。

　　「主要是南安普頓警方，科林不是這裏的人，只是經常長途運輸中住在這裏。」南森説，「警方去調查科林，我們要在這裏調查，我們一會到街上去，看看周圍是否有墓地或者長年廢棄的古宅。」

　　「博士，我的魔怪預警系統能覆蓋整個旅館，沒有發現任何魔怪跡象。」保羅走到南森身邊，「是不是可以排

除旅館裏有魔怪？」

「這個……還不能確定呀，也許魔怪外出了。」南森想了想，「也許魔怪完全隱身到某個人的身體裏，我們的儀器被完全遮擋，這都有可能。」

「這裏的老闆，布尼爾，對，他叫布尼爾，會不會就是魔怪呢？」派恩忽然想起了什麼，「我覺得他有點怪，反正感覺不好。」

「布尼爾？不會是他！」本傑明非常不屑地瞄了派恩一眼，「我不覺得他怪，如果他有魔怪附體，那麼近的距離，我能看出來，我看不出來博士也能看出來……」

「我天下第一超級無敵魔幻小神探都不敢說能看出來，你還敢說能看出來……」

「你這個自封的神探還真以為自己很了不起呢……」

「算了，算了。」海倫走過來，連忙打斷他們，「一切聽博士的，我們現在就到街上去，你們不要再吵了。」

「噢，以前是本傑明和海倫，現在是本傑明和派恩。」保羅晃着腦袋，嘻笑起來，「我們魔幻偵探所總是有人吵架，已經形成傳統了。」

「現在他還是跟海倫吵呀。」派恩有些不依不饒地指着本傑明。

「對，本傑明，上周我做好布丁，剛離開一會就被你偷吃了一半！」海倫想起什麼，指着本傑明喊道。

「那麼難吃，我幫你吃一半該感謝我才對。」本傑明理直氣壯地説。

「停止──停止──」南森連忙走到他們中間，「拜託啦──拜託啦──我們還有工作要做呢……」

「不和你計較。」海倫看了本傑明一眼。

「就是，不和你計較。」派恩跟着説。

「還有你，剩下的一半被你吃了個差不多，別以為我不知道。」海倫沒好氣地對派恩説。

派恩吐吐舌頭，他們總算不爭吵了，跟着南森向樓下走去。剛下到樓下，就看見布尼爾向樓上走來。

「嗨，你們又去考察潮汐？」布尼爾笑着問。

「啊，對。」南森點點頭。

布尼爾又笑笑，走上樓去。南森他們出了門口，派恩扭了扭脖子。

「看到了吧，這個老闆很怪，看他那笑容，鬼鬼祟祟的。」

「我覺得很正常。」本傑明小聲地説，他不想再次挑起爭吵。

「一點也不正常。」派恩説着回過頭去，向旅館門口看了看，突然轉過身來，「那傢伙在偷看我們呢。」

「誰呀？」本傑明連忙回頭，「沒人呀……」

「笨蛋，一定縮回去了。」派恩略顯緊張地説，「就是那個老闆，剛才在偷看我們呢。」

「噢，他為什麼要偷看我們？」海倫説，「派恩，你眼花了吧？」

「我……」派恩似乎有些猶豫了，「可能是吧，但我剛才真的看到門口有個人。」

「旅館嘛，總是有人進進出出的。」海倫寬慰道。

他們開始在旅館周圍探查起來，海倫查過地圖，旅館向西確實有個小墓地，他們來到那裏，小墓地裏只有六、七個墓碑。本傑明和派恩近距離用幽靈雷達對墓地進行了搜索，沒有發現任何異常。隨後他們在旅館周圍的幾條街走了走，看到疑似無人居住的老宅，就用儀器進行探測，不過都沒有發現什麼。

他們在旅館周圍搜索了三個多小時，沒有收穫，只好回去。走了半天，派恩和本傑明都很累了，大家都拖着沉重的步伐回到旅館。

「嗨，歡迎回來。」布尼爾看見他們，連忙在前台後

招手，「吃過飯了嗎？我可以幫你們訂餐。」

「謝謝，我們吃過了。」南森説，他們剛才確實在街邊的一家快餐店吃過午餐。

「噢，很好。」布尼爾笑了笑，「海灘那邊有一家海鮮快餐店，龍蝦很好，紅色的招牌，很醒目，看到了嗎？」

「看……到了。」海倫説，「不過我對海鮮有點過敏。」

海倫最後這句話是實話，她確實對海鮮類的食物有些過敏。

「噢，真是遺憾。」布尼爾説，「那你們快上去吧，好好休息一下，真是辛苦呀，這麼小的孩子就來研究潮汐……」

南森他們上到了樓上，派恩和本傑明一回去就癱在沙發上，海倫向自己房間走去，突然，她的驚叫聲傳來，大家連忙都跑進她的房間。

「我的東西有人動過了，我們不在的時候有人進房間了！」海倫站在自己的行李箱前，很是緊張，「我的手機充電器明明是放在行李箱上的，因為我怕不小心踩了，可是充電器現在卻放在地上，你們又沒來過我的房間……」

「我們一直都在一起，都沒進過你的房間，但你確定
手機充電器放在行李箱上的？」本傑明問。

「我確定，我就是怕踩了才放上去的。」海倫説着打開行李箱，在裏面翻看起來，「我的東西好像還都在。」

「誰會進我們的房間呢？」南森疑惑地看看四周。

「魔怪，一定是魔怪！」派恩邊喊着邊跑出去，找出自己的幽靈雷達，對着房間探測起來。

「我已經探測過了。」保羅對派恩喊道，「哪個魔怪有這麼大膽子呀？自己送上門來，萬一我們正好回來，他能跑得了嗎？」

「這倒是。」派恩收起了幽靈雷達，「反正我就覺得這裏怪怪的，老闆怪怪的，現在這個房間也怪怪的，噢，我要看看我的東西有沒有人翻過，《變成金剛》可不能丟了，我還沒看完呢……」

説着，派恩跑向自己的房間。

南森低着頭，思考着什麼。海倫一直都是很嚴謹的，她説自己的東西被翻過，應該不是自己弄錯了。

「我們在明處，魔怪在暗處。」海倫走到南森身邊，很是謹慎地説，「這裏應該有個魔怪，而且我們可能被盯上了。」

「再觀察一下。」南森點點頭，「總之，從現在開始，要很小心。」

第四章　大捉妖師比爾

大家各自確認了自己的東西，只有海倫感覺自己的東西被翻過。整個下午，大家都有點憂心忡忡的，保羅隔一段時間就會向四面發射探測信號，不過還好，沒有別的事再發生。

晚上，南森他們叫了四份套餐，套餐是布尼爾送上來的，他還是那樣，一直保持着微笑。

「哼，伸頭縮腦的，我看他不像是好人。」布尼爾走了以後，派恩立即説。

「我覺得……還好吧……」海倫看看大家，「就是話多一些……」

「好什麼呀？」派恩模仿着布尼爾的樣子和聲音，「『都在呢！小朋友們也都在呢！』，當然在，他很希望我們不在嗎？」

「你這就有點過分了，他送餐來，當然要看看我們都在不在。」本傑明説道。

「這個人……」南森想了想，「剛才進來的時候，表情確實有點不那麼自然……」

44

「看看，博士都這樣説。」派恩連忙説。

「沒關係，我們繼續我們的工作。」南森繼續説，「晚上我們可以晚點睡，如果真有魔怪外出，晚上可能會回來，保羅晚上要值班，持續留意着樓下，特別是地下室那邊的動靜。」

「好的，我不用休息，我會一直盯着下面的動靜的。」保羅趴在沙發上説。

吃完晚飯，南森和魯道夫通了電話，他已經通知南安普頓警方協助調查了，調查結果應該很快就能傳送過來。

又過了一會，南森帶着海倫和保羅又隱身去了地下室，他們去那裏觀察地形，並做出一旦有魔怪回來的應對方案。

回到樓上的時候，已經快十點了，本來客人就不多的旅館此時顯得非常安靜，據南森觀察，二樓目前只有他們這個套房有人入住，一樓倒是有幾個房間有人入住。

「今天真是有點累呢。」派恩伸了一個懶腰，「我想休息了。」

「要是累，你就先去休息吧。」南森關切地對派恩説，「我們過一會也休息了，這裏有保羅呢……」

「十點多了。」派恩看了看牆上的掛鐘，「那我去睡

覺了……」

「噓——」保羅突然做了一個噤聲的動作,「別出聲。」

「啊?」派恩一愣,「怎麼了?」

「有人在我們的門口轉來轉去的。」保羅壓低了聲音。

套房裏的氣氛立即緊張起來,南森立即站起來,他揮了揮手,指揮大家躲進房間,同時做好了戰鬥的準備。

套房的大門門縫下突然冒進來滾滾的白煙,煙霧很濃,並迅速充滿整個房間,南森他們躲着的房間也飄進煙霧,煙霧的味道略有點嗆鼻,大家連忙都把口鼻捂上。

過了不到一分鐘,煙霧逐步消散。

「蒙魔散的味道。」海倫小聲對南森説,「不過不純,魔怪就算聞到也不會倒下……」

這時,房門那裏傳來開門的聲音,隨後,房門被推開,兩個人衝了進來,最先進來的人揮舞着一把銀光閃閃的寶劍,脖子上還掛滿了大蒜,後面的那人正是布尼爾,他脖子上也掛着大蒜,左手拿着平底鍋,右手舉着餐刀,還殺氣騰騰的。

「都倒了,都倒了。」最先衝進來的那人大喊着,

「表哥，我說過我最厲害，我這大捉妖師是名不虛傳的……」

他正在得意，南森從房間裏走了出來，幾個小助手也跟了出來。

「啊——啊——」最先衝進來的那個人叫了起來，他看上去有四十多歲，個子不高，看到南森，他感到很是意外，也非常驚恐。

「啊——啊——」南森故意跟着喊了兩聲。

「老妖怪，還沒倒？」那人揮着寶劍，對着南森大喊道。

「比爾——你這個笨蛋——他們都沒暈倒——」布尼爾在那個叫比爾的人身後叫了起來，「我可真不該把你找來——」

「別急呀，看我的。」比爾揮着寶劍就向南森砍去，「老妖怪，嗨——」

南森根本就沒有回避，他唸了句口訣，手臂變得如同鋼鐵般堅硬，他伸手迎擊，「噹」的一聲，寶劍被彈開了。

「哇——哇——」布尼爾大叫着，「空手擋寶劍，果然是妖怪——」

「降魔掌——」比爾伸手又是一掌，打向了南森。

南森依舊沒有躲避，他伸手一擋，比爾當即痛得大叫起來，南森上前用腿輕輕一掃，比爾被掃得飛了起來，然後重重地落在地上，繼續哀嚎。

南森上前一步，比爾嚇壞了，他連忙舉起掛在脖子上的大蒜。

「我有大蒜，妖怪不能靠近。」

南森抓起大蒜，一拉，把那顆大蒜從比爾的脖子上摘了下來，扔到一邊。比爾頓時絕望了。

布尼爾看到這個情況，轉身就跑，不過回路已經被海倫和本傑明攔住，布尼爾舉起了平底鍋，海倫對着他的手腕輕輕地吹了一口氣，布尼爾手腕發酸，一鬆手，平底鍋掉在了地上。海倫對着他另一隻手也吹了一口氣，餐刀也掉在了地上。

布尼爾嚇得後退兩步，不小心被比爾絆倒，他看了看身邊的比爾，罵了一句，隨後轉過身，看着圍上來的海倫他們，兩個人此時都驚恐極了。

「你們兩個……」南森盯着比爾和布尼爾，「來幹什麼？捉妖怪？」

「妖怪，我不會告訴你我們來就是要捉你們的。」比

爾突然怒氣沖沖地說，「我也不會告訴你我叫比爾的！」

「你這還不算告訴？」布尼爾一臉懊惱地搖着頭，「我、我知道你笨，可我還是把你找來了，我比你更笨！」

「你們為什麼認為我們是妖怪？」南森笑着問。

「你們就是，殺了科林，現在又要殺我們了！」布尼爾倒是一臉無懼，「殺吧，我不怕，魔法師會為我們報仇的！」

「對，殺吧，殺了布尼爾我也不怕。」比爾也跟着喊起來，「可惜我這大捉妖師，最後還是被妖怪殺了。」

「你是捉妖師？」南森很是好奇地看着比爾。

「當然，我是格拉斯哥魔法學院畢業的……」比爾大聲地說。

「旁聽，是旁聽生。」布尼爾糾正道，「死到臨頭了還吹牛。」

「旁聽生，我是旁聽生。」比爾不滿地看了布尼爾一眼，「旁聽生也是魔法學院的學生。」

「既然是魔法學院的學生，那你仔細看看我是誰，我的頭髮染黑了，我原本是白髮。」南森摘下黑邊眼鏡，戴上自己常戴的眼鏡，「你再看看那幾個孩子，看看他們是

誰?」

比爾先是一愣,隨後仔細地盯着南森,忽然,他張大了嘴巴,然後看了看海倫他們。

「你、你是⋯⋯南森博士?」

「我相信你是格拉斯哥魔法學院的學生了,儘管非常蹩腳。」南森笑了笑,「你剛才那些招數太業餘了。」

　　「我在不斷的進步中呀。」比爾這時興奮起來，「南森博士，我太崇拜你了，你的經典案例是我們的教材……表哥，這是南森博士，你說錯了，他們不是魔怪，他們是魔法師，魔法偵探……」

　　「隨便你怎麼說了，剛才說這裏妖氣重重的也是你。」布尼爾陰沉地看着比爾，「我自己傻，請來了你這個笨蛋，昨天你還在給人家修屋頂呢……」

　　「大捉妖師也要生活嘛。」比爾不好意思地笑了笑，他指着南森，「他們真是魔法師，要是魔怪，我倆早沒命了。」

　　「這麼說，你們覺得我們是魔怪？」南森說着把比爾和布尼爾扶了起來。

　　「是他，他說旅館裏有魔怪。」比爾指着布尼爾說，「然後把我找來抓魔怪。」

　　「西曼，噢，我不知道該叫你西曼還是南森。」布尼爾瞪着南森，「你們鬼鬼祟祟的，我們這裏又剛有人自殺，我當然要警惕了……」

　　「我想知道你怎麼判斷我們是魔怪的？」南森打斷了布尼爾的話，「我們並沒有鬼鬼祟祟的。」

　　「你們的狗會說話！」布尼爾突然一指着保羅，大

聲地説，「上午，我去一樓儲藏室拿東西，聽到旁邊101房間裏有人説話，聲音就是你們的，然後你們還和保羅對話，普通人養的狗怎麼會説話，還有，你們沒有101房間的門卡，我看了，門鎖又沒被破壞，你們怎麼進去的？」

「可是我們出來的時候沒看見你呀。」海倫在布尼爾身邊大聲問道。

「我聽到你們説要出來去地下室，我就躲到儲藏室去了。」布尼爾沒好氣地説，「還有呢，你們中午出門根本就沒往海灘去，海灘在東面，你們去的是西面。海灘邊的海鮮快餐店早就搬走了，你們還説在海灘邊看到了那家店，根本就是説謊！」

「看看，我説出門的時候他偷看我們吧。」派恩看着本傑明，叫了起來。

「你還進來翻過我們的東西吧？」海倫想起什麼，大聲地問。

「當時我懷疑你們是魔怪，當然要進來看一看了。」布尼爾很是輕鬆地説。

「布尼爾先生，這裏有一些誤會。」南森笑了笑，「我其實是南森，倫敦魔幻偵探所的南森，這幾位都是我的小助手，是巴頓先生説這裏有魔怪出沒跡象，而且還有

一個叫科林的人在旅館裏自殺，我們才來到這裏查案。之所以改名字和面貌，是因為巴頓……其實我們連他也隱瞞了，如果告訴他我們會來這裏查案，那麼話比較多的巴頓一旦打電話過來，消息一旦走漏，那麼魔怪有可能就會逃走。」

「就是說我會走漏消息啦？」布尼爾很不滿意地扭了扭脖子，隨後把脖子上掛着的大蒜摘下來，套到了比爾脖子上。

「你的話特別多，從小就是這樣。」比爾指着布尼爾笑着說。

「你的話特別大，從小就是這樣。」布尼爾瞪了比爾一眼，「什麼大捉妖師，被人家捉了，還好他們不是魔怪……」

「你說的我們和保羅對話，是真的呢。」南森笑了笑，看了看保羅。

「嗨，看着。」保羅走到布尼爾和比爾眼前，後背突然彈出導彈發射架，布尼爾和比爾嚇得都後退了兩步。

「保羅是機械狗，所以會說話。」南森解釋道。

「我知道，我看過報道。」比爾說。

「我不知道……」布尼爾說着，好奇地看着保羅，保

羅「唰」的一下收起了發射架。

這的確是一場誤會，布尼爾無意中聽到南森他們在101房間說話，認定了南森他們是魔怪。他想到比爾——曾在格拉斯哥魔法學院旁聽過魔法課程的表弟，經常吹嘘自己是大捉妖師，於是就把比爾找來。送晚餐時看到南森他們都在，便等了一會，才帶着比爾進房間捉妖，結果比爾哪裏是南森的對手。

布尼爾和比爾坐到沙發上，本傑明撿起比爾的寶劍，還給比爾。

「銀制寶劍。」本傑明說着指了指比爾脖子上掛着的大蒜，「都是對付吸血鬼的專用武器，你認為我們是吸血鬼嗎？」

「我表哥說以前看到一個白色影子，手臂很長，在地面上飄動，我覺得像是吸血鬼。」比爾接過寶劍，「我就找了對付吸血鬼的武器……」

「你也看見白色的影子了？」南森一驚，連忙走到布尼爾身邊。

「我正想和你們說這件事呢，你們來這個旅館，一定是認為這裏有魔怪了？」布尼爾變得有些緊張，「前幾天我在地下室看到了一個白影，以前巴頓和我說過，我沒在

意，這次我親眼看見了，也懷疑自己眼花。今天聽到你們和保羅說話，對不起，我把這兩件事聯繫起來了，懷疑你們是魔怪，這才去找比爾。我知道比爾愛說大話，大捉妖師也是自封的，但是我實在找不到別人了，警察不管魔怪的。」

「你能仔細描述一下當時的情況嗎？」南森問。

「就是前幾天的晚上，大概十一點多吧，我把一箱啤酒放到地下室去，剛下去就看見有個白影子一晃，那影子明顯是個人形，手臂很長，從我眼前飄過，速度很快。」布尼爾回憶道，「我嚇了一跳，難道旅館裏真的有魔怪？我不相信自己的眼睛，的確，那晚我喝了不少啤酒，有點醉，看什麼東西都是成雙的，所以最終我也沒太在意……」

「那天你就該來找我的，說不定已經抓到魔怪了，不用麻煩南森先生了。」比爾很不滿意地對布尼爾說。

「那天就去找你，現在我們早就被魔怪吃了。」布尼爾立即說。

「我可是大捉妖師……」比爾說着揮着寶劍，「我比不過南森先生，對付魔怪可沒問題……」

「布尼爾先生，那個白影子一晃就消失了？有沒有

56

試圖攻擊你？或別的什麼舉動？」南森在一邊，思考了一會，看了看布尼爾。

「沒有。」布尼爾説，「就那麼一飄就不見了。」

「最近你還遇到過燈泡爆炸這樣的事嗎？尤其是你進地下室開燈的時候。」

「沒有了，以前有過一次。」

「那個死者……科林，他是怎樣一個人？你應該比較熟悉吧？」

「他就是經常住在我這裏的一個卡車司機。」布尼爾説，「很正常的一個人，就是愛喝酒，當然，開車的時候他從不喝酒。自殺的那個晚上，他在我這裏喝了些啤酒，有點醉，不過還是幫我把剩下的半箱啤酒搬到地下室去了，他這人很熱心，也經常幫我忙。」

「他去過那地下室？」南森連忙問，「然後他自己上來了？地下室裏沒有發生過什麼吧？」

「他經常幫我把東西從地下室裏搬出來搬進去的。」布尼爾聳聳肩，「那天他應該是自己回房間了，我當時忙別的，倒是沒看見他回房間。」

南森微微地點着頭，沉默了十幾秒，隨後，很是認真地看着布尼爾和比爾。

「很好。我又了解了一些情況，其實我們勘驗過死者的房間，確實找到一些線索，就是說這家旅館應該是有魔怪出沒，它似乎定期會來這裏。因此魔幻偵探所成員在這裏的消息千萬不能走漏，繼續你們的工作，就像是什麼都沒有發生過。我還是叫西曼，我們會繼續搜索，直到找出那個魔怪。」

「果然有魔怪呀。」比爾聽到這話，顯得很興奮，「好了，那我來幫助你們吧，沒有我的幫助你們抓不到那個魔怪的。」

「非常感謝你的勇氣。」南森搖搖頭，笑了笑，「不過這件事我們能處理。」

「噢，我知道，但有了我的幫助你們才能萬無一失。對，剛才我確實敗給你們了，那是因為你們是人類，我的寶劍和大蒜都是對付魔怪的，要是真的遇到魔怪，我一下就能抓到他們。」比爾激動地比劃着說，「哈哈，這次要是抓到魔怪，我的大捉妖師名氣就打響了，我就不用去給人家修屋頂了……」

「可是比爾先生，我們確實不需要……」

「夠了！」布尼爾這時大叫起來，他指着比爾，「還是修你的屋頂去吧，就你那捉妖水準，哼！再煩着西

曼……啊,是南森先生,碼頭卸貨那工作我也不介紹給你了!」

比爾立即擺擺手,不説話了,不過眼睛還閃着莫名的興奮。

「真沒想到我經營了一家幽靈旅館。」此時的布尼爾明顯緊張起來,「南森先生,你説我要不要出去躲一躲?你們要快點抓到那個魔怪呀,我知道你們才是專業的,和笨蛋比爾不一樣。」

「你不用躲出去,繼續你的工作,這裏已經被我們的探測設備覆蓋了,只要魔怪出現在五百米的範圍內,我們能立即發現。」南森安慰道,「我們會對這裏的房客和你負責的,唯一的要求就是你一定要保密,和誰都不要説我們在這裏。」

「我不會説,我不會説。」布尼爾説着從比爾脖子上又取下那串大蒜,「我把這個放到我的前台櫃子下,據説吸血鬼很討厭大蒜味道。」

「放在櫃子裏可以,但是千萬不要掛在脖子上。」南森説,「一是沒什麼大用處,二是這個舉動反倒會引起魔怪的注意。」

「我明白了。」布尼爾立即點點頭。

第五章 一個意外

布尼爾和比爾離開了房間,南森把他們送走後,十分無奈地對大家苦笑着。剛才和布尼爾的談話,南森確實有了一些新的發現,他了解到一些科林的情況,原來科林死前進入過地下室。不過地下室看起來似乎沒發生過什麼,南森他們在那裏沒找到過任何魔怪痕跡。

時間不早了,南森叫大家儘快休息。保羅獨自趴在客廳的沙發上,他身體裏的魔怪預警系統不停地發射着探測信號。

窗外,月光將樹枝的影子投射進客廳,風吹動樹枝,影子在客廳的地面上搖擺着,保羅實在無聊,他看着地面上晃動的影子,真希望有鬼影移動,保羅身體裏滿載了四枚追妖導彈,發射追妖導彈攻擊魔怪是他最喜歡做的事之一。

一個平靜的夜晚過去了,早上起來的時候,海倫看到保羅無精打采地趴在沙發上,閉着眼睛,就像是睡着了一樣。聽到有人出來,保羅微微睜了一下眼睛,隨即再次閉上。

　　本傑明他們陸續都起來了，他和派恩很想知道今天的工作是什麼。不過看着南森那一副悠閒無事的樣子，他倆還猜不透南森下一步的行動。

　　「博士，今天我們還去哪裏搜索？」吃早餐的時候，本傑明禁不住問道。

　　「今天……」南森略微想了想，「就呆在這裏，當然，如果你想去海邊研究北海的潮汐，也可以。」

　　「布尼爾都知道我們是誰了，不用去研究潮汐了。」本傑明立即說。

　　「需要搜索的地方我們都找過了，而且有了發現。」南森說，「今天我們要等警方對科林的調查，不過我估計沒什麼特別的結果，我們現在需要做的就是等着那個魔怪的出現。」

　　「就這樣等着？」本傑明問，「我們……不做點什麼？」

　　「就這樣等着。」南森堅定地說，「我們能得到一個結論，就是因為某種不明的原因，那個魔怪會經常到這裏來。我們能把他等來。」

　　接下來的幾天，南森他們就在旅館裏等着那個魔怪前來。有關科林的情況也傳來了，魯道夫打電話傳達了南安

普頓警方的調查報告——死者科林和魔怪從無瓜葛，除了喜歡喝酒外，他也沒什麼別的不良嗜好，和周圍的人相處也很好。南安普頓警方在調查報告裏特別提出，科林為人樂觀，近期並未發現他遇到了什麼難事，所以他們也對科林自殺結論持一定的保留態度。

這幾天，即使是白天，南森他們也很少出去，白天的時候，他們基本上都在套房裏活動，天色一暗下來，他們便靜靜地恭候着那個魔怪前來，抓捕魔怪的計劃他們早就制定完畢了。

這天傍晚，南森在套房的客廳裏閉目養神，派恩坐在他的身邊，保羅也趴在沙發上，這時，本傑明從自己的房間走了出來。

「嗨，本傑明，你的幽靈雷達可以關閉了，等魔怪來了再開也不遲，省得你總是充電。」保羅跳下沙發，走到本傑明身邊，「我已經把這個區域覆蓋了，魔怪來了我會通知大家的。」

「不要，我喜歡充電。」本傑明說，「你可以叫派恩和海倫關了他們的幽靈雷達。」

「我和他們都說了，誰都不肯關。」保羅說，「你們這是浪費資源，你們的探測信號有時候還會干擾我一下

呢……」

「老保羅，你的信號那麼強，才會干擾我們呢。」本傑明毫不示弱地說。

「噢，你們吵，你們吵。」南森已經睜開眼睛，從沙發上坐了起來，「我去帶些外賣回來，本傑明，你吃點什麼？」

「我要海鮮套餐，再給我帶一份鬆餅回來……」本傑明立即不吵了。

「給我帶個冰淇淋回來。」派恩放下手裏的書，喊道。

南森答應了他們，開門向外走去，旅館附近有一家餐館的飯菜不錯，這些天他們差不多都是去那裏堂吃或外賣。

等待魔怪前來，確實令人焦急，幾個小助手之間會吵來吵去，南森有時候確實會被吵得頭暈，但是這個年齡的孩子，他也沒辦法。

南森在餐館買了幾份套餐回來，剛走進旅館門口，前台後面的布尼爾就站了起來。

「嗨，南森先生……」布尼爾脫口而出，他猛地意識到自己叫出了南森的本名，「……的朋友西曼先生，訂餐

我可以代勞的……」

「謝謝，布尼爾先生，我想順便走走。」南森說。

「嗨，西曼先生。」南森經過布尼爾身邊的時候，布尼爾叫住了他，並壓低了聲音，「怎麼樣了？都三天、四天了，有什麼進展嗎？」

「不要着急，很多事情是急不得的。」南森微微一笑。

「和你說吧，我今天的感覺很不好，真的很不好。」布尼爾面色憂鬱，「那傢伙要是再來，我不會受到傷害，對吧？」

「放心吧，我們有辦法對付他的。」南森點點頭，「你就和平時一樣……」

「我也想一樣，但是沒辦法一樣。」布尼爾依然是愁容不展的樣子，「我感覺不好……」

南森安慰了布尼爾幾句，上樓去了。大家吃飯的時候，南森把布尼爾剛才的話複述了一遍，魔怪長時間不出來，對於布尼爾這樣的普通人，又是知情者，確實會造成一些心理上的壓力。

「噢，布尼爾的感覺……我覺得這次我們一舉抓獲魔怪的可能性，噢，小於50%。」保羅在一邊，語氣也有些

猶豫，「這是我最新統計的結果。」

「有這麼低？」本傑明小聲地說了一句，像是在自言自語。

晚上十一點多，南森叫大家去休息，保羅繼續警戒。這些天，他們都是和衣而睡的，小助手們的幽靈雷達就在各自的牀頭，一旦魔怪出現，他們能立即採取行動。

大家都進房間休息了。保羅跳到沙發上，他把電視機打開，聲音調到最低，開始看卡通片，他也不清楚電視台是否知道這麼晚了不會有小朋友看卡通片，但是無所謂，自己正好喜歡。

才看了不到一分鐘，突然，保羅的身體一震，魔怪預警系統發出了強烈的警報，一個魔怪出現在五百米外，信號很明顯，方位很明確。

「博士——博士——」保羅跳下沙發，幾步就衝到南森的房間門口，用力叩門。

本來就精神集中的大家全都立即跳下牀，他們都沒有睡着。本傑明飛快地拿起幽靈雷達，一個紅色的亮點出現在雷達熒幕上，而且不緊不慢地向旅館這裏移動過來。

「它的方位？身形？何種魔怪？」南森一出房間就問。

「從南邊過來的，外形基本是人形，大概是個幽靈。」保羅連忙說，「距離再近些就能完全分析出來了。」

「按照預定的方案，我去地下室，你們各就各位。」南森揮了揮手。

南森帶着保羅直接下樓，穿牆進入了地下室並隱身藏在一個櫃子後，海倫他們各唸穿牆術口訣後跳到了樓下，隱身躲在旅館的東、北、西三面牆壁旁，留出南邊，讓魔怪順利進入地下室，只要魔怪進入地下室，那麼一個包圍圈就立即形成了，南森在地下室直接抓捕，三人封閉周邊，魔怪自然插翅難逃。

大家就位後，魔怪距離旅館只有一百多米的距離了，夜色籠罩着北海旅館，街道上沒有一個行人，風極輕微地吹動着樹枝，四處顯得非常安靜。

「快了，還有五十米。」保羅用預警系統完全鎖定了前來的魔怪，「它就是一個幽靈，從行動上看法力不高也不低，只要它進來，抓住它完全沒有問題。」

「好的，沉住氣。」南森小聲地說。

一股幾乎看不清的淡白色氣團輕輕地飄向了北海旅館，很快，這股氣團就到了旅館旁，突然，氣團停留在距

離旅館不到十米的地方，似乎是在觀察什麼。隱身的本傑明距離這股氣團不到二十米遠，他的心砰砰地跳着，他看着也已經隱形的幽靈雷達，雷達的信號反應達到了頂格，並牢牢地將幽靈定位，本傑明確信自己沒有發出任何聲響，幽靈不會發現自己。

氣團觀察了幾秒鐘，似乎放心了，隨即繼續向旅館飄去，它們沒有向門口移動，而是向南面的牆撞去，明顯是要穿牆而入。

「嘩——」的一聲，不遠處有個聲響發出，本傑明差點叫起來，這個時候怎麼會有人發出聲音，他覺得一定是派恩發出來的聲音，很想去罵他。

「轟——」的一聲，火光一閃，隨即是一個不大的爆炸聲，爆炸正發生在要穿牆進入旅館的氣團上方，氣團立即顯出了身形，那是一個穿着白衣白袍的幽靈，幽靈的頭顱罩在白衣的連衣帽裏，看不清模樣，幽靈的手裏還拿着一個什麼東西，也看不清。幽靈受到了驚嚇，一愣，呆在了那裏。

怎麼在這裏行動了？本傑明心想，這完全不是按照計劃展開的抓捕呀，而且南森令魔怪顯形會使用顯形粉。

「哈哈哈哈——顯身炸彈真靈呀——」一陣大笑聲

中，舉着寶劍，脖子上套着一圈大蒜的比爾從旅館旁的一所房子裏衝了出來，「大捉妖師前來捉妖——」

幽靈看到比爾衝了過來，更是吃驚，不過他隨即顯得很憤怒。旅館外的本傑明他們也都愣住了，不知道這個比爾怎麼會隱藏在附近。

「哇——哇——」比爾看那幽靈根本就不像是束手就擒的樣子，舉着寶劍狠狠地砍了過去，「大捉妖師在此，還不投降——」

幽靈看見比爾一劍砍下，也不躲避，抬手就擋，比爾的寶劍像是砍在鋼鐵上，發出清脆的金屬撞擊聲後，那把寶劍立即就脫手飛了出去。

「啊——」比爾捂着手，他的手像是斷了一樣，痛得大叫，「好大力氣——」

幽靈向着比爾衝了過去，比爾嚇得連連後退，另外一隻手從脖子上摘下大蒜，用力揮着。

「我有大蒜，你後退後退。」

幽靈似乎確實對大蒜有所顧忌，不過他一抬手，一道短促的綠光立即射向比爾的手臂，「啪」的一聲，綠光正中比爾的手腕，比爾慘叫一聲，大蒜落在地上。比爾倒退兩步，看着逼近的幽靈，他驚慌失措地摔倒在地，幽靈上前一步，右手的爪尖直直地刺向比爾的咽喉。比爾嚇得閉上了眼睛。

70

「啪——」的一聲，一道白光正中幽靈的手腕，接着又是一道白光，命中了幽靈的身體，幽靈身子一歪，差點摔倒，手上拿着的東西也掉在了地上。

海倫和本傑明衝了出來，剛才發起攻擊的正是他倆，隨即，派恩也衝了過來。

幽靈一愣，他覺得自己中了埋伏，而且發起攻擊的人的法力比剛才那個揮舞寶劍和大蒜的人強大得太多。他正想着，海倫已經衝到他眼前，海倫揮手就是一掌，幽靈一擋，本傑明一腳踢來，把幽靈踢倒在地，幽靈翻身起來，這時，保羅跳了出來，南森同時也閃身而出，幽靈真的嚇壞了，他發現增援的人似乎越來越多，不知道後面還有多少人前來。

「落地彈——」幽靈雙手一起揮動，從他的袖口裏飛出兩枚圓形的炸彈，兩枚炸彈筆直地飛向海倫和本傑明的腳下，兩人連忙躲避。

「轟——」的一聲，兩枚炸彈幾乎同時爆炸，現場頓時升起兩團白煙，白煙爆炸後並沒有消散，而是越來越濃，這是幽靈用來掩護撤退的魔彈。

南森剛才看見幽靈射出炸彈，也連忙躲避，爆炸之後，煙霧極大，南森看不到幽靈的身影，不過他明白幽靈

在利用爆炸煙霧逃走。

「老伙計，攻擊──」南森大喊道。

保羅答應着，他已經打開了追妖導彈的發射架，並一直鎖定着幽靈，他的預警系統顯示，爆炸之後，幽靈轉身就跑，而且速度極快。

「嗖──」的一聲，一枚導彈飛向已經逃出近百米的幽靈，幽靈感覺到身後有導彈襲來，不過他依舊逃跑，沒有躲避。就在導彈要擊中自己身體的前兩秒，幽靈突然大喊一聲。

「幻影移動──」

隨着這句口訣，幽靈的身體突然橫向移動，速度幾乎接近音速，追妖導彈此時已經來不及掉頭，直朝着原方向射去。

「轟──」的一聲，追妖導彈先是失去目標，隨後依靠慣性擊中了路邊停靠的一輛汽車，汽車的前半部立即就被炸飛。

避開導彈攻擊的幽靈已經移動到了幾百米外，隨後轉進一條小路，不見了身影。本傑明、海倫和派恩一起追了上來，他們站在小路路口，向前方看去，哪裏還有幽靈的身影？同時，幽靈在幽靈雷達上的定位信號也消失得無影

無蹤，幽靈已經徹底地逃出了幽靈雷達的搜索範圍。

保羅也追了過來，幽靈也消失在他的預警系統裏，他的探測系統比幽靈雷達探測的距離只多一百多米，夜色下，只有他們幾個傻傻地站在路口的身影，汽車爆炸後燃燒的火光，映射在他們的身上。

南森站在旅館旁邊，看了看嚇得蹲在地上、驚魂未定的比爾，搖了搖頭。此時，街道兩邊的房子裏有一些人走了出來，他們不知道剛才這裏發生了什麼事，不遠處，警燈閃爍，警笛聲由遠及近，有人聽到爆炸聲，已經報警了。

「你怎麼會在這裏？」南森走到比爾身邊，看了看他，發現他除了驚恐外，沒有什麼大礙。

「我……」比爾坐到了地上，渾身微微的顫抖着，「我……」

「全都怪你！」派恩跑了過來，指着比爾，一臉的憤怒，「我們都已經布置好了，你跑出來幹什麼？你要是不來魔怪早被我們抓住了……」

海倫和本傑明也走了過來，一起指責比爾，比爾抱着頭，一句話也不說，他知道自己做錯事了，而且差點就被那魔怪殺死了。保羅繞着比爾轉了兩圈，也很憤怒。

一邊，南森正在和趕來的警察解釋着什麼，隨後又給魯道夫警官打了一個電話。一輛消防車趕到，迅速撲滅了還在燃燒的那輛汽車，汽車的車主站在旁邊，大聲地抱怨着。

魯道夫警官很快趕到，向南森了解情況後，開始處理現場。本傑明在現場找到幽靈剛才掉在地上的東西，那是一個比鉛筆稍長一些的木盒子，本傑明打開木盒子，裏面有一把沒有手柄的刮刀，他把盒子拿給了南森，並告訴南森這是幽靈遺留的，南森看了看，沒有發現什麼特別的疑點。此時的現場有些嘈雜，南森確認現場沒有幽靈遺留的其他物品，便走到比爾身邊，把他拉起來，帶着小助手向旅館走去，旅館門口，站着布尼爾和幾個旅客。

「笨蛋，又給人家添麻煩了吧！」布尼爾看到比爾，大聲地指責，他似乎猜出了些什麼。

南森他們把比爾帶到了自己的房間，派恩和本傑明一路上都抱怨着，比爾此時倒是不再顫抖了，他坐在沙發上，先是低着頭，然後偷偷地抬頭看看南森。

「説説吧，你怎麼會在這裏的？」南森問。

「我、我想當英雄，我想如果我抓住那個幽靈，我就是真正的魔法師了，像你們那樣。我從小的理想就是當一

75

名魔法師，我説自己是大捉妖師，人家就笑話我，我要證明自己……」比爾一口氣地説道。

「我們問你剛才怎麼會出現，沒問你小時候的理想。」派恩説。

「那天，我和表哥在這裏，你們也説了，這裏好像有個魔怪，你們不肯讓我幫忙，我就想單獨幹。」比爾説，「我也學過魔法的，捉妖的設備我都有，也進行了事先布置……沒想到，捉妖真的很難……」

「你這些天晚上一直躲在附近？」南森問。

「旅館斜對面那所綠色的房子，是我朋友的房子，一直沒住人，我説住幾天，就借來了。」比爾看了看南森，「每天晚上我都來，我知道幽靈晚上才會來的，就守在這裏了。」

「你怎麼探測到那個幽靈的？」

「我有一台幽靈定位儀，格拉斯哥魔法學院的學生每人都有一台，旁聽生也有。」比爾説着興奮起來，「哇，好長時間沒用過了，還真是好用。『輕騎兵』牌的，比『蝙蝠』牌的還好用，別看『蝙蝠』牌的貴，但是『輕騎兵』牌的物美價廉……」

「好了，我知道了。」南森連忙擺擺手，「你知道你

的行為造成的後果嗎？」

「這個……」比爾低下頭，像是被潑了一盆冷水，聲音小了很多，「我知道，可我也是想抓到那個幽靈，我不知道幽靈那麼厲害，我的銀寶劍也不管用，書上說的都不對……」

「書上說的沒錯，銀寶劍、大蒜能對付吸血鬼、幽靈，但那要有深厚魔力的人來掌握。你覺得你是那樣的人嗎？」南森的語氣非常嚴肅，「你不要再冒這個險了，你會送命的。」

「我知道、我知道。」比爾變得有些驚恐，「那我現在怎麼辦？幽靈會不會找我算賬？」

「他……」南森頓了頓，「要是再來找你，問題倒是簡單了，就怕他不會出來了。」

比爾走了，他保證今後再也不會這樣搗亂了，其實不用他保證，受到剛才的驚嚇，知道了魔怪的厲害，他也不會那樣做了。

第六章 海岩硝石

外面逐漸安靜下來，消防車很快撲滅了汽車上的火，拖車公司拖走了汽車，警方收起警戒線，最後也撤離了。剛才發生激戰的街道，轉瞬間就恢復了平靜，月光鋪撒在街面上，就像什麼都沒有發生過一樣。

房間裏，一片沉寂。比爾走了以後，南森他們都沒怎麼說話，他們心裏都明白，幽靈徹底被驚動了，他逃向何處誰也不知道。本傑明走到窗邊，看着樓下的街道，此時他怨恨着突然冒出來的那個比爾，沒有他，幽靈一定束手就擒了。

南森盤算着下一步的行動，此時他的腦子裏還是有些亂，比爾的出現徹底打亂了計劃，自己這邊從暗處站到了明處，幽靈則有可能永遠躲進暗處。突然，南森看到了幽靈掉的那個木盒子，木盒子就放在茶几上，南森在樓下簡單地看過那個盒子，裏面只有一把刮刀。

南森站起來，走到茶几旁，拿起了木盒子，他把木盒子打開，拿出那把刮刀，刮刀類似於剃刀的刀片，不到兩厘米寬，大概十幾厘米長，鐵製刮刀的上下是平行

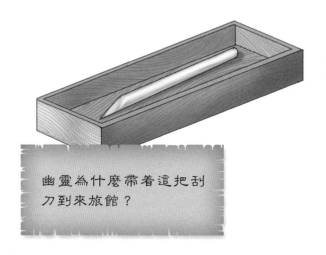

幽靈為什麼帶着這把刮刀到來旅館？

的，刀口較為鋒利。

「這把刮刀……」南森把刮刀拿在手上，反覆地看，「他用來做什麼的？」

「這刮刀……刮鬍子？」派恩看着那把刮刀，「魔怪好像從來不用刮鬍子吧……」

「魔怪還貼面膜呢！」本傑明走過來，嘲弄地説。

「我只是問問，這也不像是剃鬚刀。」派恩白了本傑明一眼。

這時，南森像是又有什麼發現，他仔細地盯着那個盒子裏面，還用手去摸，本傑明沒看到盒子裏有什麼東西。

「這是……」南森似乎摸到了什麼，他的手指先是

在盒子底部滑動了幾下，然後掏出了放大鏡，看着盒子底部，「有些白色的碎屑，好像是粉筆灰一樣……」

「白色粉末……是毒品吧？」派恩叫了起來。

「魔怪又成毒販子了。」本傑明在一邊忙不迭地説。

「老伙計，來化驗一下。」南森低頭看了看保羅。

保羅答應一聲，後背的蓋板打開，一個托盤伸了出來，南森用手指小心地刮着盒子底，把那些細小的碎屑收集在一起，本傑明這才發現，盒子裏的確有些白色粉末狀的碎屑，不仔細看真是看不出來。

南森掏出一個小鑷子，動作極慢地將那些碎屑夾到托盤上，他一共夾了三次，並對保羅説量很小，保羅則回答説量再小也能檢測出來。隨後，保羅將托盤收進去，蓋板也蓋上。

大家都圍在保羅身邊，等着化驗結果。

「……噢，沒什麼，這是……」保羅的化驗結果很快就出來了，大家已經聽到保羅身體裏列印資料紙的聲音了，「硝石，白色細晶體，化學式是硝酸鉀，密度每立方厘米2.1-2.11克……」

説着話，保羅列印好了資料紙，南森撕下資料紙，看着上面的分析結果。

「硝石⋯⋯」南森的眉毛皺了起來，「盒子裏的是硝石，還有一把刮刀⋯⋯」

「這説明什麼呢？」派恩問道。

「地下室裏是岩石搭建的，岩石上是可以生出硝石的，魔怪在地下室裏，是不是去刮硝石的？」海倫將幾件事聯繫在一起了。

「我們現在就去地下室，應該可以找到魔怪去那裏的原因。」南森説着向門口走去。

大家跟着南森下到樓下的地下室，南森打開地下室的燈，大家這次的焦點就是搭建成牆壁的岩石。南森快步走到牆壁旁，他扶着牆壁，眼睛緊緊地盯着牆壁的下方，走了幾步後，他突然停下，彎下了腰。

距離地面不到二十厘米的地方，南森發現了一塊岩石上有比較明顯的刮痕，南森拿起那把刮刀，在岩石上刮了兩下，刮的痕跡和牆壁上原來的刮痕幾乎一樣。

「這裏有硝石。」海倫的聲音突然傳來，「好多呀。」

在一側牆壁的櫃子角旁，岩石上生成了一大片暗白色的硝石，由於視線原因，南森他們第一次來地下室的時候，並沒有發現這些硝石，或者説即使發現了這些硝石，

也不會太過在意，因為任何岩石牆壁生出這樣的硝石，都是很正常的事。

「這裏也有刮痕。」南森蹲下身子，看了看，指着岩

石的一處説，「刮掉一層硝石後，新的硝石一段時間會再長出來……那個魔怪是來刮硝石的。」

「他刮硝石，一定有目的。」本傑明説。

「老伙計，看看硝石和魔怪之間有什麼聯繫？」南森對身邊的保羅説，「硝石能配置魔藥，但是只是一種可以被替代的普通配料，其他方面……要保羅查一查了。」

保羅開啟了搜索系統，開始提取一切和硝石有關的資訊，並進行過濾。

「確實，硝石是一種普通魔藥配料……」保羅查到了資料，「不過，蘇格蘭海岩所生的硝石極為少見，或者説能生出硝石的海岩很少，這種海岩產的硝石被漁靈服下後，能變回人，當然，這種變回來的人其實還是幽靈，不過探測魔怪的儀器對這樣的漁靈基本失效，他雖然有了完整的人類身體，可思維什麼的還是幽靈，還是會害人，這種漁靈只發現過一次，一千年前在蘇格蘭地區，害死了十多人後被魔法師擊殺……」

「等一下等一下。」本傑明連忙擺着手，「蘇格蘭海岩、漁靈，信息量很大呀，我從來沒有聽説過漁靈……」

「我也沒有聽説過。」海倫絞盡腦汁地想着，她怎麼回憶也想不起來老師是否教過或者在哪本書上看到過。

　　「漁靈就是那種在海上捕魚的漁民落水後死去變成的幽靈，我也只有些模糊記憶。」南森說，「這種魔怪太難遇到了。」

　　「不是哪個漁民落水死去都會變成漁靈的，只有那些生前負有命案但沒有被抓到的傢伙，死後才會變成漁靈。」保羅解釋道。

　　「這是我第一次聽說這樣的幽靈。」派恩瞪着眼睛，非常感慨地說。

　　「那麼現在基本可以確定，我們遇到的幽靈是個漁靈。」南森若有所思地說，「這個漁靈是因為這裏岩石上生長的硝石才來的，看來地下室建造牆壁的岩石都是海岩了。」

　　「一定是海岩，就地取材嘛，這裏離海邊那麼近，採集些岩石來打地基、造牆壁什麼非常合適呀。」本傑明說。

　　「我剛才檢測出來的硝石和陸岩硝石也略有區別。」保羅補充道，「區別很小，剛才我也沒在意，盒子裏就是海岩硝石。」

　　「這附近其他地方會不會還有這樣的硝石？漁靈可能會去別的地方採集硝石。」海倫忽然想到一個問題。

「不是所有蘇格蘭海岩都能產出硝石的，即使有，漁靈也不一定知道地方。」保羅解釋道，「不過他一定知道這裏有硝石，而且一次次的來，這種硝石刮掉後大概一周就又長出新的來，所以他應該經常來。」

「有道理。」南森看着保羅點點頭，「老伙計，你查查漁靈生活在什麼地方？或者説他們平常藏身在哪裏？」

「這個……」保羅又開始了搜索，「……海邊的岩洞裏，這種幽靈依海而居，一遇到危險，會游進茫茫大海躲避。」

「我們去海邊找他。」海倫聽到這話，立即説，「這邊的海岸是有岩洞的，那個漁靈常來這裏採集硝石，估計藏身之處也不會太遠。」

「這看來是我們唯一的方向了。」南森點了點頭，「今天太晚了，明天我們去找警方，確定附近岩洞位置，然後就逐一尋找。」

「有方向了，太好了。」派恩一副歡欣鼓舞的樣子，「那傢伙一定躲回去了，這次我要看看漁靈是什麼樣的！」

第七章 發現了目標

第二天一早，南森他們就去了警察局，並將新的發現等告訴了魯道夫警官。魯道夫聽了後也很興奮，他立即幫忙去找資料。不一會，把亞伯丁地區十多公里長的海岸線上所有岩洞都標示出來的一張地圖就送到了南森手上。

南森看着那張地圖，這十多公里的海岸線上，大小岩洞一共有二十幾個，其中有三個大型的岩洞羣，每個岩洞羣都有十個以上連成一片的岩洞，距離北海旅館最近的岩洞只有不到兩公里的距離。

「……我們可以先從這個最近的岩洞找起，這個岩洞在北海旅館東南。如果沒有發現，我們一路向南，如果還沒有，我們返回來開始找北面的岩洞。」南森的手指在地圖上滑動着，説出了自己的計劃安排。

「那我們就快去吧。」本傑明焦急地説，就像是那個漁靈馬上要逃走了一樣。

「怎麼去也是一個問題。」南森擺了擺手。

「怎麼去？」本傑明眨眨眼，「走着去呀……」

「不行。」南森搖了搖頭，「那個漁靈已經受驚了，

86

他躲在岩洞裏，是暗處，我們這樣走過去，一旦被他發現了，游進茫茫大海就難找了。」

「那怎麼辦？」本傑明又問，「隱身去？可是這十幾公里一直隱身，還有搜索任務，魔力消耗很大的。」

「我們⋯⋯坐船去。」南森把頭轉向魯道夫，「警官，請你幫忙找一條小型漁船來，我們躲進船艙，沿着海岸搜索，這樣一來比較快，而且我們藏在船艙裏，漁靈看到一條漁船，也不會起疑心的。」

「哈哈，這個辦法好。」派恩和海倫一起大聲誇讚起來。

「好的，我去找漁船。警方可沒有漁船，我去借一條。」魯道夫說。

「能借到吧？」南森連忙問。

「沒問題。」魯道夫笑了笑，「這樣，你們先在這裏等着。北海旅館門前那條路走到盡頭就是一個小碼頭，我借到漁船親自開過去，帶你們搜索。」

「你會開漁船？」派恩連忙問。

「當然，我可是漁民的孩子。」魯道夫點點頭。

「這太好了。」派恩很高興地說。

魯道夫走了，南森他們留在房間裏等消息，他可沒有

閒着，他讓保羅搜索了蘇格蘭北海沿岸的岩洞的資料，這裏的海邊岩洞倒是和其他地方的岩洞沒什麼很大差異，有些岩洞距離岸邊遠些，裏面沒有水，距離岸邊近的一些岩洞則不斷有海水湧入。

不到一個小時，魯道夫就打來了電話，此時他已經駕駛着一艘借來的漁船開向那個小碼頭了，他叫同事開車送南森他們去那個小碼頭。小碼頭距離第一個要搜索的岩洞距離還不到一公里。

一名警官開車將南森他們送到了小碼頭，快到碼頭的時候，大家看到小碼頭那裏停着一艘小型漁船，開車的警官說現在海面上有漁汛*，差不多所有的漁船都開到海上捕魚去了。

魯道夫就在那條船的駕駛艙裏，這條漁船長十多米，闊不到三米，船艙在甲板的後方，看起來這條漁船比較新，漁船的前甲板被洗刷的乾乾淨淨的，本傑明原以為要乘上一條滿是魚腥味的船呢。

看到汽車開來，魯道夫從駕駛艙裏探出半個身子，向大家招招手，大家看到魯道夫的服裝已經換成了便衣。的

---

* 漁汛：某種魚類或水生動物密集出現在某一水域，這時有利於漁民大量捕魚。

確，如果漁靈發現一個警官駕駛着漁船出現在海面上，還是會起疑心的。

南森帶着大家上了漁船，保羅跳到了前甲板上，晃了晃身子。

「這條船上沒有火炮，我就是這條船上的火炮。」保羅耀武揚威地説。

「老伙計，快進來。」南森邊向駕駛艙裏走邊説，「那個漁靈可是見過你的，小心被他認出來。」

保羅晃晃尾巴，跟着南森進了駕駛艙，南森關上了駕駛艙的門。駕駛艙不大，裏面倒是很整潔，駕駛艙直接連着船員休息室，保羅先是看了看駕駛艙的布置，南森正在和魯道夫商量行進的路線，保羅走進了船員休息室，派恩和本傑明已經坐在裏面了，船員休息室裏也很整潔，保羅覺得這是一艘新漁船。

「嗨，海倫，怎麼樣？我們這就出海了。」保羅走到站在後艙門向外張望的海倫身邊，「我看你真像是⋯⋯海的女兒。」

「呵呵，老保羅，説話很文藝呀。」海倫笑了笑，忽然，她扶着艙門，因為船已經啟動了。

「派恩號出發了。」派恩走向駕駛艙，興高采烈地

説。

「派恩號？」本傑明扭了扭脖子，很是不屑地説，「我還沒説是本傑明號呢。」

「派恩」號在海面上劃了條弧線，掉頭駛向南方。

海上一片風平浪靜，只是遠處的天空非常低沉，像是有一場暴風雨將臨的樣子，不過熟悉當地天氣的魯道夫説，這裏的天氣就是這樣，常年都是陰沉的。

「我們不要靠岸邊太近，和岩洞保持三百米距離就好。」南森看着駕駛艙的導航儀，「這樣保羅的探測信號能覆蓋岩洞，我們也能和漁靈保持一定距離，不被懷疑。」

「明白。」魯道夫説着將船駛得離海岸線遠些。

漁船的速度不快，開到距離海岸三百米的距離，魯道夫調整方向，讓船沿着海岸線平行向南前進，這時魯道夫加快了速度，漁船以每小時20公里的最高時速駛向第一個岩洞。

茫茫大海之上，只能看到很遠的方向有兩艘巨輪行駛在海面上，靠近海岸的這片區域一條船都沒有，岸上也是空無一人，這片的海岸基本看不到沙灘，全都是一片一片的岩石羣，海浪一波波地衝擊着岩石羣，由於風平浪靜，

沖到岩石羣的海浪只是輕輕地接觸一下，隨後退向大海，另一波海浪繼續湧向岩石羣。

保羅站在駕駛艙對着海岸的門口，他已經開啟了魔怪預警系統，並不斷對着海岸發射探測信號。駕駛艙後面的海倫他們已經做好了戰鬥準備。

漁船的發動機發出的轟鳴聲驚起了前方幾隻在海面上游動的海鳥，南森一直舉着一架望遠鏡，向岸邊觀察。

「前面就是那個岩洞了。」南森的視線裏出現了一個拱起的岩洞，這是他們的第一個目標，「可以減速了。」

魯道夫答應一聲，開始減速，他將航速慢慢減至最低，讓保羅有充分時間搜索，漁船航速降到最低的時候，正好行駛到岩洞正前方三百米的海面處。

保羅連續向岩洞發射探測信號，海面沒有任何障礙物，信號毫無阻礙地射進岩洞。南森用望遠鏡看着岩洞，這個岩洞闊二十多米，高五、六米，是一個單獨的岩洞。

海倫和本傑明此時也用各自的幽靈雷達探測着岩洞，不過雷達沒有任何魔怪反應。保羅也搖了搖頭，隨後看看南森。

「警官，我們去下一個岩洞。」南森對魯道夫說。

魯道夫答應一聲，開始提速，漁船慢慢加速，隨後全力向南，下一個目標是一個岩洞羣，距離這個岩洞有兩公里的距離。

南森用望遠鏡看着海岸，很快，他們就來到了下一個岩洞羣，高高低低大小不一的十幾個岩洞出現在大家的視線中，南森用望遠鏡一個個的觀察着岩洞的洞口，這個岩洞羣深入大海，一波波的海浪正在湧進岩洞，隨後又退出來。

「漁靈不大會住在這裏吧。」本傑明走過來說，「一旦漲潮有些岩洞就完全被海水淹沒了。」

「嗯，小岩洞是這樣，大一些的也有半截泡在海水裏了。」南森點點頭。

保羅接連向岩洞羣發射探測信號，但是預警系統沒有任何回饋。海倫他們也同樣毫無收穫，不過海倫不甘心，漁船開過那個岩洞羣後，還繼續向那邊探測，她感覺像這樣的一組岩洞羣特別適宜漁靈藏身，岩洞羣有多個出口，裏面更是暗道相連。

魯道夫駕駛着漁船向第三個目標駛去，那是一個不大的岩洞，從地圖上看距離海邊很近，漲潮的時候海水很可能會沖進去。所有岩洞的位置警方都標示了出來，但是岩洞裏面情況並不知道，這裏的岩洞不是很出名，所以來探險的人也不多。

漁船很快就靠近了那個岩洞，魯道夫對這個岩洞不抱什麼希望，他覺得再下面一組岩洞隱藏漁靈的可能性更大，那是一個岩洞羣，距離海岸較遠，漲潮時海水沖到洞口就退下去了，關鍵是那組岩洞洞口眾多，利於漁靈躲藏。

「……向南還有四、五個岩洞，找不到我們就掉頭找

北面的。」魯道夫邊開船邊和南森説。

「嗯。」南森説着用望遠鏡看着不遠處的岩洞。

「這個岩洞不大。」魯道夫也遠遠地看到了那個岩洞，不過他只是略微降低了速度，「看上去漁靈不會藏在……」

「博士，有魔怪反應。」保羅站在船艙門口，一字一句地説。

「啊？」魯道夫一愣，連忙緊急刹停漁船。

「博士，我找到魔怪信號了，就在那個岩洞裏。」派恩用幽靈雷達對着三百米外的那個岩洞，全身都在顫抖。

海倫和本傑明也鎖定了信號，多個探測信號交叉後，大家準確地探測出魔怪反應的具體位置。

漁船的速度慢慢降了下來，在岩洞洞口正對的海面略前位置停了下來。

第八章 來自水下的攻擊

二百多米外，在南森望遠鏡的鏡頭裏，一個闊不到四米，高兩米的海邊岩洞張着大嘴，似乎要吞噬每一個靠近洞口的人，海浪似乎也很懼怕這個岩洞，沖進岩洞的洞口前就立即退了出來。

天氣越來越陰了，漁船上的人都盯着那個岩洞，誰也沒說話，空氣顯得更加壓抑。

幽靈雷達上的魔怪反應信號極為強烈，那個岩洞似乎是筆直的，根本就沒有任何障礙物阻隔信號，本傑明的拳頭握了起來。

漁船靜靜地停在海面上，右舷正對着那個岩洞，南森站在駕駛艙右邊的門前，駕駛艙的門關閉着，南森一直透過舷窗看着那個岩洞。

「博士，我們隱身過去？」海倫走過去，小聲地問南森，「我鎖定他了，他跑不了的。」

「嗯，魯道夫警官留在這裏，我們隱身從水面上過去。」南森說道，發現漁靈後的對策他們早有預案，「老伙計，我們接近他的時候，他要是從洞裏出來，直接轟

95

擊。」

「好的。」保羅得意地搖了搖尾巴。

「準備行動⋯⋯」南森把望遠鏡放到駕駛台上，向岩洞那邊看了看，忽然，南森一驚，他望着海面，「啊，那是什麼⋯⋯」

距離漁船不到一百米，一個黑乎乎的東西在水下向漁船疾駛而來，這裏的海水比較清澈，所以南森可以看到水下的情況。

「怎麼了？」海倫走到舷窗邊，向海面望去。

黑乎乎的東西筆直地朝漁船襲來，距離漁船不到五十米了，南森看清

了水
面下的東西，那
是一枚魚雷，一枚長三米
多、通體發黑的魚雷，魚雷就在水下
一米處，正在全力撞向漁船。

「魚雷攻擊——大家跳船——」南森大喊起來。

「魚雷？」魯道夫一臉疑惑地把頭湊向南森這邊，向海面望去。

「快走。」南森說着推起魯道夫向駕駛艙左側艙門撞去。

魚雷距離漁船不足十米了，海倫、本傑明和派恩衝向漁船的後門，保羅跟着南森向漁船左側艙門飛奔而去，南森和魯道夫把艙門撞開，一起跳入水中，保羅縱身一躍，也跳入水中。

「轟——」的一聲巨響，魚雷撞擊到漁船上，頓時發生爆炸，小小的漁船立即被炸得飛上了天空，海面之上，

出現了一個大火球。

在爆炸前的幾秒,海倫他們也跳進水中,不過巨大的衝擊波把他們從水中推了起來,他們夾在巨浪中飛起來有十幾米,隨後快速地跌進海裏。

南森和魯道夫也被衝擊波推出去很遠,一股大浪將南森拍進海裏,不過他連忙唸懸浮口訣,從海水中一躍而出。

衝擊波過後的海面,海浪依舊洶湧翻動,但是比剛爆炸的時候要小多了,南森隨着波浪起伏着,上下波動的幅度有七、八米,一股股的浪頭打在他的身上,全身都濕透了。南森用手撥開浪頭,一時眼睛都睜不開了。

「博士——博士——」海倫和派恩的聲音傳來。

聽到小助手的聲音,南森安心了很多,小助手們都會魔法,只要不被魚雷擊中,落水後都能輕鬆浮起,他最擔心的是魯道夫,而且一時看不見魯道夫在哪裏。

「警官——警官——」南森大聲喊着。

波浪的湧動振幅降到兩、三米了,被炸飛的漁船木板一塊塊地掉落下來。南森看着海面,他看到不遠處浮起的本傑明,但是依舊沒有看到魯道夫。

「警官——魯道夫警官——」南森着急了,他大聲地

呼喊着魯道夫的名字。

　　沒有誰回答他，南森收起懸浮咒，一頭扎進到海裏，海水較為清澈，水底下距離兩、三米遠的地方都能看見，如果有陽光，南森能看得更遠。

　　海裏沒有魯道夫的身影，南森連忙打亮兩枚亮光球，亮光球在水中亮起，將水裏的這片區域完全照亮。忽然，南森發現十米外一個身影正慢慢沉向大海深處，連忙游了過去。那人正是下沉的魯道夫，南森一把托起魯道夫，舉着他快速升向海面。

　　距離海面不到一米的時候，南森聽到兩聲沉悶的聲響，那聲響是爆炸聲，而且距離較遠。不過此時南森可顧不得這些，他把魯道夫托出水面。

　　海面之上，一切已經趨於平靜了，海倫、本傑明和派恩懸浮在水面上，看到南森把魯道夫救出來，都鬆了一口氣。保羅站在一塊木板上，他身上的導彈發射架是打開的。

　　「浮起來，浮起來。」南森先是自己懸浮起來，隨後對着魯道夫唸出了咒語。

　　魯道夫的身體橫着懸浮在水面上，他緊緊地閉着眼睛，嘴也緊緊地合着，看上去沒有一絲呼吸。

「海倫，把急救水拿來。」南森半蹲在魯道夫身邊，對海倫説。

「他胃裏全是水。」派恩飄了過來，「還能喝下水嗎？」

南森沒有説話，他的兩隻手放在魯道夫的胸腔上，用力一壓，一股水頓時從魯道夫嘴裏噴湧而出，南森連忙把魯道夫的身體頭朝下翻轉過去，魯道夫懸浮在海面幾十厘米的地方，開始大口地吐水。

「還好落水時間不長。」南森説着又把魯道夫翻轉過來，此時的魯道夫開始出現微弱的呼吸，手腳也開始動了。

南森和本傑明把他的身體抬高了一些，海倫連忙給魯道夫喝下一口急救水。魯道夫喝下急救水後不到十秒鐘，開始劇烈咳嗽，眼睛也慢慢睜開了。

「醒了，醒了。」派恩高興地説。

「我……我……」魯道夫想把身子抬起來，他似乎剛剛恢復意識，「我剛才落水了？」

「我們剛才遭到了魚雷攻擊。」南森説着向岩洞那邊看了看，「老伙計，剛才怎麼回事？我又聽到了爆炸聲。」

「那是我發射的追妖導彈，我進行反擊了。」保羅說，「我出水後，發現那個魔怪沒走，好像在觀察我們的慘樣呢，我就連射兩枚導彈，第二枚爆炸後那傢伙就不見了，我想是跑了，不過我覺得應該傷到他了⋯⋯」

「我們上岸去。」南森説完看了看魯道夫，他發現魯道夫沒什麼大礙，「海倫，幽靈雷達還在嗎？」

「我的還在。」海倫説着舉起了自己的雷達。

「我的丟在船艙裏了。」本傑明低着頭説。

「我的也不見了。」派恩跟着小聲説，「你説有魚雷的時候，我可能把它扔到船艙裏了，後來船就沉了。」

「不是船沉了，是『派恩』號沉了。」本傑明不失時機地説。

派恩扭着頭，瞪了本傑明一眼，本傑明有點兒得意。

海面已經完全恢復了平靜，只有十幾塊大小不一的木板漂浮在海面上，就像是什麼都沒有發生過一樣。

大家一起向岸邊走去，他們架着魯道夫，走在水面上，魯道夫可是第一次有這種奇妙的體驗，不過他沒怎麼興奮，他的腦子還是有些暈，實在不明白那枚魚雷是哪裏來的。

很快，大家就來到那個岩洞前，那裏一點魔怪反應

也沒有，漁靈早就跑了。來到海灘上，大家都收起了懸浮咒。

岩洞前有一個很明顯的彈坑，那是保羅射出的追妖導彈炸的，保羅判斷這是他射出的第一枚導彈的爆炸位置，那個漁靈當時就在這個位置觀察海面情況，不過他發現射來的導彈，躲開了第一枚導彈的攻擊。

彈坑前幾米的地方，當海水退下時露出了一個掩埋在沙灘之中的洞口，這引起了南森的注意，那是一個標準的圓形洞口，洞口正對着海面。

「魚雷就是從這裏射出的。」南森蹲了下去，「這個洞，裏面很深，這就像是魚雷的⋯⋯發射管⋯⋯」

「他居然弄了一枚魚雷對着大海當防禦武器！」本傑明很是驚歎地説，「難道他早就知道我們要從海面上來抓他？再説他哪裏弄來魚雷呀？」

「有可能的。」魯道夫忽然插話説，「第二次世界大戰的時候，這片海域是皇家海軍的武器試驗場，可能有魚雷落在海裏，沒被找回，但被漁靈撿到了，這個我要回去查查資料。」

「不是針對我們的，是他針對所有可能來自海面的危險預設的。」南森站了起來，「所以我們進入岩洞要特別

小心，裏面也許還有機關。」

　　說着，南森向岩洞裏走去，大家都慢慢地跟在他身後。南森剛走進岩洞就點亮了一顆亮光球，亮光球把這個不算大的岩洞照的通亮。

　　南森唸透視術口訣，向岩洞深處望去，這個岩洞比較直，大概二十多米就到底了，中間也沒有什麼特別的障礙物，只不過距離底部五米多，有一個小小的轉彎，轉彎的角度不大，剛好能避開從洞口射進來的光線。

　　南森把亮光球轉彎引到岩洞底部，一個漁靈的小巢穴出現在大家眼前，岩洞的底部有一塊長方形的石條，應該就是漁靈的牀鋪，石條下有一些罈罈罐罐，亂七八糟地放在那裏。

　　「就是他，那個去地下室採集硝石的傢伙。」保羅走到石條那裏聞了聞，「我記住了他的味道。」

　　「這傢伙生活倒是簡單。」本傑明看着那些罈罈罐罐說，他看看魯道夫，「這裏平時沒有人來嗎？」

　　「從沒有人來，這邊遠離住宅區，遠離港口，也沒什麼風景好欣賞。」魯道夫說，「大概只有漁船從海面上經過。」

　　「所以他把巢穴安在這裏。」本傑明點點頭。

　　「老伙計，第二枚導彈你射在什麼地方？」南森看在漁靈的藏身地似乎查不到什麼，便問道。

　　「岩洞旁邊，當時我察覺漁靈在向岩洞左側移動，第二枚就打向了左側。」

　　「我們出去看看，你覺得炸中他了嗎？」

　　「給他跑了，説明沒有炸死他，但應該炸傷他了。」保羅説。

　　南森帶着大家出了岩洞，在保羅的指引下，他們向第二個追妖導彈爆炸點走去，岩洞的左側是一片沙灘，這片沙灘面積很大，呈現出緩緩上升的地勢，沙灘一直

平緩地延伸到岩洞的頂部。

　　「博士，我探測到一點點魔怪反應。」衝在前面的保羅忽然興奮起來。

　　保羅快步衝上沙灘，忽然，在距離岩洞二十米的地方，他停了下來，圍着什麼東西興奮地繞着圈，尾巴不停地搖晃着。

　　南森他們快步跟了過去，保羅低着頭，看着地面。

　　「漁靈的血液，綠色的。」

　　南森彎下腰去，果然，在沙灘上，有兩滴綠色的痕跡，每個都只有黃豆大小，痕跡已經凝固，那是兩滴非常明顯的綠色。

　　「幽靈的血液。」南森用肯定的語氣說，「老伙計，你真的炸傷他了。」

　　「那當然，否則怎麼會有他的血？」保羅更加興奮了。

　　「這一片有許多腳印，不是我們的，一定是那個漁靈的。」海倫指着沙灘喊道。

　　果然，這裏有很多凌亂的腳印，靠近海邊也有，這些腳印都是剛踩上去的，距離海邊近的還沒有被海水沖刷掉，顯然是剛才漁靈在這裏觀察海面留下的。

　　「他在這裏被炸中，然後慌忙逃走，這裏一定有他最終逃跑方向的腳印。」本傑明說着在沙灘附近找了起來，他和派恩幾乎同時發現一行不凌亂而且方向一致的腳印，「在這裏，跟着腳印就能……」

　　本傑明和派恩跟着那行腳印跑了十幾米，然後都站住了，也不那麼興奮了。那行腳印一直走進了大海之中。

　　「完了，他游進大海了。」本傑明垂頭喪氣地說。

　　「沒有，他沒有游進大海。」南森走到腳印的盡頭，

為什麼南森會認為幽靈沒有游出大海？

看了看沙灘，忽然冷笑着説。

「啊？」本傑明和派恩都愣住了。

「你們看。」南森指着沙灘上的腳印，「最後的腳印在這裏，再看看目前海水最遠到達線，距離最後的腳印還有七、八米的距離，也就是説海水沖到最後的腳印前七、八米的地方就退下去了，這説明什麼？」

「這個……」本傑明和派恩都疑惑地看着那最後的腳印。

「你們看。」南森説着沿着最後的腳印又向大海跑了幾米，「看見了吧……」

「啊，我知道了。」海倫第一個反應過來，「海水最後到達線距離腳印很遠，並沒有沖刷掉腳印，説明他沒有真的游進大海，如果游進大海，最後的腳印距離海水到達線最多一、兩米。」

「完全正確。」南森大聲説，「另外，他知道保羅從海面上向他發射了導彈，如果游進大海，一定會遇到我們，他豈不是自投羅網，所以他根本就沒有游進大海。」

「那麼他會去哪裏？」魯道夫在一邊問。

「他想引我們去的相反方向，他一定想我們背道而馳才好。」南森説着在沙灘上繼續演示着，「他假裝跑到

海邊，用腳印去誤導我們，快靠近大海時利用輕身術懸浮起來，反向逃進內陸！可惜，他太着急了，距離海水到達線還有七、八米就飛起來跑了。這也可以理解的，他受了傷，想儘快離開。」

「那我們反向去追呀。」派恩最終恍然大悟，「差點給他騙了。」

「他受了傷，跑得不會很快，而且現在是白天，他的行動力比晚上差很多，我們應該能追上他。」南森此時顯得非常冷靜，「如果我們的方向沒有判斷錯，沿途他還會遺留下血跡，被追妖導彈攻擊受傷的魔怪，血沒那麼容易止住。」

「那當然，我的追妖導彈的威力可不是説説的。」保羅連忙誇口。

大家開始向內陸進發，這片沙灘延伸進內陸大概五十多米後和陸地交接，陸地那邊是一片長着灌木的荒地。南森他們很快離開了沙灘，來到灌木荒地前。

「老伙計，你和海倫分開三十米距離，海倫，打開幽靈雷達，你們搜索前進。」南森指向前方説，「我們跟在你們後面，放心吧，用不了多遠就能探測到漁靈的血液痕跡。」

　　「好的。」海倫覺得南森的話充滿了自信，因此也深受鼓舞，否則面對一大片的荒地，她也猶疑漁靈的逃走方向呢。

　　保羅和海倫分開了三十米，隨後一起進入到灌木叢，這片灌木叢似乎一眼看不到盡頭。保羅邊走邊向前發射着探測信號。海倫也一樣，她手裏的幽靈雷達探測天線對着前方，左右晃動着。

　　本傑明和派恩跟在海倫身後，他倆互相看看，幾乎同時聳了聳肩，他倆的幽靈雷達都掉在身後的茫茫大海裏了，否則一起用上，一定能大大增加找到漁靈血液痕跡的機會率。

　　「博士，這裏——」保羅忽然大喊起來，他發現了什麼。

　　海倫沒有喊叫，而是用幽靈雷達探測着，快速奔向前方，她跑了二、三十米後停下，她的面前是一株灌木。

　　南森他們全都跟了上去，海倫已經蹲下，她眼前的灌木的一根樹枝上，有一滴明顯的綠色凝固物。

　　「我們追的方向沒錯。」保羅說着雙眼射出紅光，光束聚焦在那滴凝固物上，「這就是漁靈的血，比剛才那滴還要新鮮一些。」

　　「這個方向，沒錯。」南森看了看正前方，前方還是看不到盡頭的灌木叢，「老伙計，海倫，保持你們剛才的隊形，繼續追。」

第九章 診所裏

南森他們再次開始了追擊，新血滴的發現印證了南森的判斷，漁靈正帶傷逃往內陸。海倫和保羅繼續邊搜索邊前進，走了一百多米，他們又發現了一滴血跡，保羅確定這是漁靈的血跡，同時判斷漁靈的逃跑方向略微偏向了南方。

大家繼續追趕，他們感到距離漁靈越來越近了，帶傷逃跑的漁靈速度一定不會很快，他們有極大希望追上漁靈。

又前進了一百多米，保羅率先發現了新的血跡，而且更加新鮮，漁靈似乎就在不遠的前方。

漁靈的逃跑方向發生了一些轉變，他的逃命方向轉向西南方，由於每隔百米多就留下血液痕跡，南森他們儘管看不到漁靈，但是跟蹤方向保持着一致。

「博士，他應該是向尼德森鎮方向逃跑。」魯道夫走到南森身邊，有些憂心忡忡地説，「你看，四下全都是半米多高的灌木叢，而且很稀疏，藏不住的，他可能會進小鎮。」

「前面是個小鎮嗎？」南森意識到了危險。

「是的，再向前一公里多就是尼德森小鎮，那裏的人口大概八百人，面積不大。」魯道夫説。

「他很有可能進了小鎮。」南森看着四周的灌木，「也許他並不知道我們在追蹤，但被追妖導彈炸傷，他要進行傷口處理，還要止住流血，這在灌木叢是無法完成的。」

「魔怪怎麼處理傷口？怎麼止血？」魯道夫問。

「追妖導彈造成的傷口要進行縫合，和人類較大傷口一樣。」南森説，「這樣才能儘快止住流血。魔怪能憑藉魔力支撐一會，但是太長時間一樣不行……」

「那他要去看私人醫生了，讓醫生給他縫上。」派恩説笑道。

「哈哈。」本傑明笑了起來，「私人醫生還要問他有沒有醫療保險呢，還有，他看完病是刷卡還是付現金……」

「你們説得很對。」南森的臉色沉重，「我們馬上去小鎮，他要是熟悉那裏，真的會去找醫生！」

「啊？」本傑明和派恩面面相覷，都愣住了，他倆剛才可是在開玩笑，沒想到南森很認真。

南森他們加快了腳步，向前走了一會，保羅在對着小鎮方向的地上又發現了兩滴血痕，血痕更加新鮮，而且看起來魔怪出血更多了。

前方，一個小鎮隱約出現在大家的視線中，那就是尼德森小鎮了。

「你知道這個小鎮的醫生診所位置嗎？」南森問魯道夫。

「我只來過兩次，不知道診所位置。」魯道夫説。

「沒關係，我們可以去問。」南森説着看了看陰沉的天空，他的語氣裏充滿了擔心，「如果有太陽，我們在灌木叢就能追上他了……」

「他真會去醫生那裏？」魯道夫知道南森擔心什麼。

「可能性很大。」南森説着急匆匆地向前跑去。

前方，海倫和保羅又發現了兩滴血痕。小鎮也已經呈現在大家面前了，他們距離小鎮只有五百米，小鎮看上去非常平靜。

南森他們飛快地來到小鎮，在鎮口，保羅在五米的距離內發現了三滴血痕，而且還都沒有完全凝固。

前方，有個老者慢慢地走來，看到這幾個不認識的人，老者略有疑惑地站住了，看着南森他們。

「先生，請問診所在哪裏？」南森連忙走過去問。

「向前兩條街，然後右轉一百米，有個白色的牌子，上面寫着呢。」老者慢慢地説，「休伯特醫生診所，那裏也是他的家。」

「非常感謝。」南森説着向大家揮揮手，大家一起跟着他向前跑去。

「不是都好好的嘛？哪像得病的樣子？」那個老者看着南森他們的背影，搖着頭緩緩地説。

按照老者指明的方向，南森他們跨過兩條街後右轉，保羅連續向前面射出探測信號。

「不對呀，博士，沒有魔怪反應。」保羅邊走邊疑惑地問。

「一定要去看一看。」南森説道，「長期服用硝石的漁靈都幾乎能變回人，漁靈的手段很厲害呢……」

「博士。」海倫突然站住，指着地上，「你看，這裏有血跡，綠色的……」

「前面還有。」保羅説道，他向前走了七、八米，「看，這裏有一滴……」

南森走過去看了看那滴血跡，隨後抬起頭，前面不到五十米的地方，有一所房子，房子前面豎立着一塊白色的

牌子，上面寫着「休伯特內科診所」幾個字。房子不大，有上下兩層，這條街上都是類似這樣的兩層房子，只不過間距比較大。

南森轉身看看幾個小助手，他們身邊也沒什麼可以隱藏的地方，南森索性也不隱藏了，儘管他認定漁靈就在那個診所裏。

「派恩，你堵住後門。」南森説道，他看看保羅，「老伙計，你和本傑明在房子周圍守着，隨機應變，我和海倫去敲門，要是漁靈衝出來你們擋不住的話，老伙計，你就用導彈攻擊，大家要謹慎，聽我的指令……」

「我呢？我怎麼辦？」魯道夫連忙問。

「你留在這裏。」南森説，「我們應該會和魔怪交手，你不會魔法，不要靠近那所房子。」

魯道夫還想爭辯，南森做了一個堅決禁止的動作，魯道夫不説話了，不過他把配槍拿了出來。

派恩去了後門，本傑明則靠近診所的窗邊，南森和海倫走向診所正門，上了兩級台階，他倆站在門口，海倫還看了看地上有無血痕。

南森按下了門鈴，等了幾秒鐘，沒有聽到裏面有任何聲音，他再次按下門鈴。

　　門鈴響了幾下，裏面終於傳來走動聲，隨後門被打開了。一個穿着白大衣的醫生出現在南森和海倫的面前，他個子和海倫差不多，但非常消瘦，相貌也冷峻。

　　「你好，我找休伯特醫生。」南森連忙説。

　　「我就是。」開門的人説，「怎麼了？」

　　「啊，我開車路過這裏，我的孫女忽然説身體不舒服，好像是感冒了。」南森把海倫拉過來，海倫立即表現出一副無精打采的樣子。

　　「請進來吧。」休伯特醫生打開了門，不冷不淡地説。

　　南森扶着海倫走進了診所，這間診所不大，醫生看診的辦公桌上有一台電腦，還有一支筆和幾個本子，牆上掛着醫生的執照，還有一些感謝狀、新聞報道什麼的。

　　「請坐。」休伯特醫生指着一張椅子，讓海倫坐下，「哪裏不舒服？」

　　「我就是……」海倫繼續無精打采，「頭暈，渾身沒力氣……」

　　休伯特沒説話，他把手放到海倫的額頭，然後點了點頭。

　　「沒發燒，體溫正常。」休伯特説，「你剛才坐在汽

車裏，空氣流通不好，有時候會這樣，你喝點水，過一會就沒事了，一會開車的時候把車窗搖下來……」

　　説着，休伯特看了看南森。

　　「噢，不需要吃點藥？」南森問。

　　「不用。」休伯特站起來給海倫倒了一杯水，「喝點

水就好了，我一會還要去出診……」

「好的，謝謝醫生。」南森說着走到牆壁前，看着滿牆的獎狀，「哦，真不錯，名醫呀，啊，你還是亞伯丁郡業餘欖球聯賽最佳球員，厲害，厲害……」

「業餘的，業餘愛好，沒什麼。」休伯特很是謙遜地說。

「好，那我們走了。」南森說着看看海倫，忽然，他轉身望着休伯特，「你說要去出診？我開車送你去吧。」

「啊，不用，我有車，謝謝你。」

「嗯。是出診還是出逃呀？」

「啊？」休伯特一愣，陰鬱地看着南森。

「現在哪有醫生用手檢測患者額頭來判斷體溫的？」南森的臉色也沉了下來，「是找不到真正的休伯特醫生的體溫測量儀吧？」

「啊？」「休伯特醫生」叫了一聲。

「哪個英式欖球運動員不健壯如牛呀？」海倫指着「休伯特醫生」，「個子和我差不多，還那麼瘦，你怎麼上場衝撞呀？你這個冒牌貨！你就是漁靈！」

「休伯特醫生」聽到海倫這句話，頓時惱羞成怒，他的臉迅速變得更瘦，兩隻眼睛也完全凹了下去，像是兩個

黑洞，他的手臂變得細長，指尖似利刃，閃着寒光。海倫說得沒錯，他就是漁靈。

「啊——」漁靈怒吼一聲，揮拳就打向距離自己最近的海倫。

海倫本來還想上去抓漁靈，她連綑妖繩都拿了出來，看到漁靈先發起攻擊，她連忙閃身，漁靈一拳打在牆壁上，牆壁頓時被砸開一個大洞。

漁靈用力過猛，他使勁把拳頭從大洞裏拉出來，這時海倫一拳打過去，正好打在漁靈肋骨上，漁靈慘叫一聲，他彎起身體，緊緊地咬着牙齒。這時，南森一拳從旁邊打來，正好打在漁靈的頭上，漁靈身子一歪，倒在地上。

海倫雙手拉着綑妖繩，上去就要把漁靈綁起來，漁靈連忙躲閃，海倫一步跨上去，按住了漁靈，突然，漁靈的身體外出現了一層滑滑的黏液，就像是魚的身體黏液一樣，海倫的手一滑，根本就按不住漁靈。

漁靈翻身起來，一腳踢過去，踢在海倫的腰上，海倫的身體一歪，倒向了牆壁，頭撞在牆壁上，差點暈過去。

南森看到海倫被踢倒，上去又是一拳，這拳打中了漁靈，但是由於那些黏液，南森的拳頭立即滑向一邊，漁靈這次像是沒受到重擊，反而一拳擊中了南森，南森身體一

歪，差點摔倒。

「本傑明——本傑明——」海倫努力地站了起來，她大聲呼喊，想多一個人進來幫忙。

房間裏，南森站穩後又和漁靈打在一起，他明白漁靈施展法術將自己渾身變得像魚類一樣滑，拳頭打上去會變向，關鍵是誰也抓不住漁靈的身體。

本傑明剛才一直站在屋子左側的窗外，保羅則圍着房子跑，魯道夫不知什麼時候站在本傑明身邊，本傑明叫魯道夫去屋子的另一側，還特別叫他躲遠一些，如果漁靈從那邊逃竄，不要上去阻擋，只要開槍示警就行。

聽到海倫的呼喊，本傑明大喊着衝了進去，保羅也想進去，但沒得到指令。本傑明剛衝進去就看到漁靈正在和南森、海倫玩「捉迷藏」，南森和海倫在房間狹小的空間裏圍堵漁靈，漁靈非常狡猾，他知道正面打鬥打不過，利用自己「魚類」的黏液優勢，令南森和海倫抓不住他，打在他身上的拳頭也滑向一邊。

「啊——」本傑明還不知道漁靈有黏液的招數，只是看見南森和海倫抓漁靈但抓不住，感到有些奇怪，他猛撲上去，一拳打向漁靈。

漁靈看見本傑明一拳打來，根本就不躲避，本傑明一

拳重重地砸上去，拳頭打在漁靈的身上，猛地一滑，本傑明自己控制不住身體，猛衝向前，撞在了桌子上，痛得直叫。

「他身體上有黏液呀——」海倫還沒來得及提醒本傑明，本傑明就衝進來展開了攻擊。看着狡猾地尋找着出路的漁靈，海倫着急了。

漁靈躲避着抓捕，同時找機會逃走，他幾次衝向大門，但都被南森橫在門口給擋住了。

「博士——博士——我要進來嗎——」派恩的聲音從後門傳來，很明顯，派恩的聲音很是焦躁。

「你先不要動——」南森大聲喊道。

這時，魯道夫拿着槍來到了前門，他也聽到房間裏的打鬥聲，想衝進來幫忙。

漁靈仍在找逃走的機會，他的眼睛又看向了窗戶，隨後突然撲向窗戶，想跳窗而走，南森立即上前一步，攔在窗前。

「嘿——魚叉手——」南森喊了一聲，雙手變成了兩把長長的魚叉。

漁靈看到南森的雙手變成魚叉，頓時一驚，這時南森已經叉了過來，漁靈連忙俯身躲過，漁靈向後猛退，再次

躲過。南森緊追不捨，漁靈慌忙退到後門，他猛地拉開門，剛想往外跑，就發現派恩守在那裏，漁靈又連忙後退。忽然，漁靈看到後門有個洗手的水池，他衝過去打開了水龍頭，水龍頭「嘩嘩」地噴出水來。

　　南森不知道漁靈為什麼要打開水龍頭，他的雙手一起叉向漁靈，漁靈看水池裏積了一些水，突然猛地跳起來，一頭扎向水池。

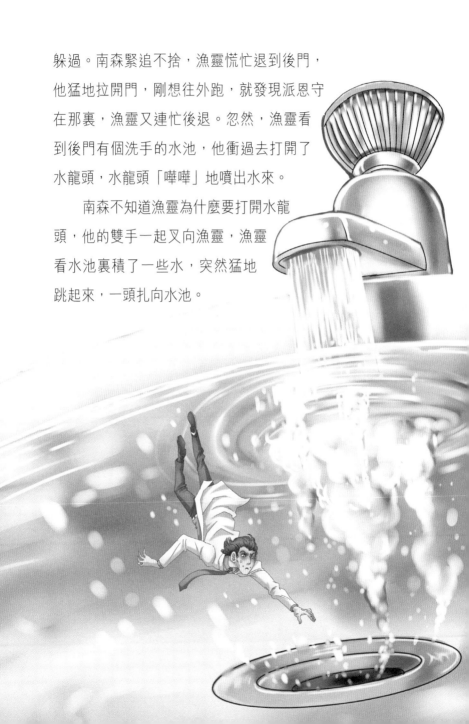

南森一愣，只見扎向水池的漁靈身體越來越小，落入水池後，變得只有蝌蚪那麼大，他像魚般飛快地向去水口游去。

「微型鋼鐵牆──」南森頓時明白了漁靈的意圖，他一揮手，一堵鋼鐵牆飛過去落在了去水口上面。

漁靈正要游進去水口的時候，撞在鋼鐵牆上，他急着去推，但是怎麼推得動？水龍頭還在繼續流出水來，水池裏的水越聚越多了。漁靈在裏面上下翻騰，但出路被堵，他毫無辦法。剛才他要是游進去水口，就能順着下水管道逃之夭夭了。

水池裏的水越聚越多，漁靈想跳出來，但是看看外面的南森，他不敢。這時，南森和本傑明一起伸手去抓水中的漁靈，不過漁靈又小又滑，怎也抓不住。

「派恩──」南森看看後門的派恩，揮了揮手，派恩立即興奮地衝了過來，南森把本傑明拉開，手指着水池，「用你的霹靂雲攻擊這裏。」

「我？」派恩一愣，心想南森也會這個魔法啊！

「快。」南森催促道。

「好。」派恩連忙點點頭，手指着水池上方，「霹靂雲──」

　　一團黑雲出現在水池上，隨後「隆」的一聲，一道閃電射進水裏，水中的漁靈本來正在來回游動，閃電入水後，漁靈渾身頓時「劈啪」亂響，電光把漁靈電得亂顫。幾秒後，閃電消失，大雨落下，漁靈則漂在水面上，不再亂動了。

　　「我擊中了他——我擊中了他——」派恩得意地大喊，「我天下第一超級無敵……」

　　「行了。」海倫過去把漁靈捧在手上，撈了起來，「要是博士使用這個魔法，漁靈現在就是一團焦炭了，博士這是要抓活的。」

　　「啊？」派恩一愣，不那麼興奮了。

　　本傑明在一邊嘲弄地笑了起來。這時，魯道夫自己走了進來，保羅聽見裏面沒有了打鬥，大聲問能否進來，南森告訴保羅可以進來了。

第十章 漁靈伊森

海倫把漁靈放到地上，這時，大家聽到裏面一個房門緊閉的房間傳來猛踩地板的聲音，海倫和本傑明連忙衝過去，猛地推開門。只見房間裏有一個男子被綑着，坐在地上。

海倫先拉下那個男子嘴上封着的膠布，隨後解開繩子。

「有魔怪——有魔怪——」男子驚恐地喊道，「他把我綑起來……」

「休伯特醫生？」南森問。

「對，我是。」男子站了起來，他身材確實魁梧，比南森高了足足一頭，「我剛才……」

「我們都知道了……那個魔怪受傷了？」南森打斷了休伯特的話，「你沒什麼事吧？」

「對，他腰部受傷，他闖進來，先把我綑起來，問我要了手術針線，自己縫上了傷口。」休伯特急着説，「然後就把我緊鎖在這個房間裏，還把我的嘴巴用膠布封上。後來你們就進來了，那傢伙冒充我，我全都聽到了，接着

126

你們就打起來了……」

　　休伯特看起來沒什麼事，只是受了些驚嚇，南森讓他喝了些水，叫他在一邊休息。

　　地上，和蝌蚪差不多大小的漁靈動了動身體，南森則指了指漁靈的身體。

　　「恢復原身。」

　　「唰」的一下，漁靈恢復到了正常狀態，與此同時，海倫的綑妖繩也飛了出去，轉瞬間將漁靈綑得結結實實。

　　漁靈緩緩地睜開了眼睛，掙扎了兩下但無濟於事。此時的漁靈不再像「醫生」的人類外表，而是完全一副幽靈的模樣，眼窩又大又陷，手臂如同乾枯的樹枝。漁靈變回幽靈的模樣後，保羅的魔怪預警系統立即顯示發現魔怪，海倫的幽靈雷達也有了強烈的反應。

　　海倫上去抓着繩子，一把把他拉了起來。讓他靠在桌子邊。

　　「你剛才沒有魔怪反應，怎麼回事？」海倫半蹲下去，怒視着漁靈，大聲地問。

　　「我、我知道你們跟來了，我就變成人的樣子，我能保持這樣十分鐘，身體是人形，也不產生任何魔怪反應，不會被你們的探測系統發現。」漁靈怕海倫打他，渾身顫

抖地说。

「明白了，所以你想儘快讓我們走。」海倫點點頭，「那你怎麼知道我們會跟到這裏來？你不是假裝逃進大海了嗎？怎麼知道我們沒有上當？」

「我也不知道有沒有被你們識破，但你們的導彈炸傷了我的腰部，我一直流血，怎也止不住，行動也慢。我怕你們沒有上當，跟着血跡找來，轉進鎮子的時候，我跳到一棵樹上，看到你們真的跟上來了，不過那時你們好像沒有看到我，也沒探測到我。」漁靈一口氣地說，「我想快點跑，但血止不住我也會暈死過去，所以我來到這裏，剛用針線縫好傷口，你們就進來了，我想冒充醫生騙你們走，但是被你們識破了……」

「你知道這個診所？」海倫問。

「知道，我對這裏比較熟悉。」

海倫看漁靈的態度還算是配合，站了起來，樣子沒那麼嚴厲了。

「你叫什麼名字？」南森開始發問了。

「伊森。」漁靈看看南森，又看看海倫他們，此時他當然明白，這次是徹底無法逃脱了。

「你生前有命案在身？」南森沒有急着問北海旅館的

案件，「我想你很明白自己是怎麼變成漁靈的。」

「和我一起捕魚的布內，他多佔了賣魚的錢，我向他要，他不肯給，還罵我。」漁靈伊森説，「有一次捕魚時，我就……故意把他推下水了，回去説他不小心落水的……」

「明白了。那你怎麼死的？」南森又問。

「一天出海遇到風暴，船翻了。」伊森説，「魚羣吃了我的屍體，我則變成了漁靈，就這樣……」

「什麼時候的事了？」

「四百年前。」

「你經常去北海旅館刮硝石？」南森轉入了大家最希望聽到的話題，「怎麼發現那裏有海岩硝石的？」

「我是經常去北海旅館的，那裏的硝石生長得很快，每月我都會去起碼兩次。」漁靈説，「我是在一次穿地行走時發現北海旅館地下室有海岩硝石的。海岩硝石太難找了，海邊的一些岩石也能長出硝石，但是海面風浪一大，海水上岸就把硝石沖掉了，很難採集，而被運到陸地蓋房子的海岩大都長不出硝石來……」

「你很需要硝石？你急着變成人？這種『人』可不是真正的人，這你知不知道？」南森嚴肅地説，「你是想

繼續害人吧？利用你『人』的外形，就像你剛才騙我們那樣。」

「這是我們幽靈的本能吧。」漁靈的話倒是理直氣壯，「我再服用半年硝石就能完全變成人的外形了，而且你們也探測不出來。如果真變成人形，我可能回去揚善懲惡，誰知道呢？」

「你還揚善懲惡？」派恩瞪着漁靈，「生前就殺人……」

「隨便你説啦，我也不知道變成人形會幹什麼，今後我也沒有變成人形的機會了……」

「你明白就好。」南森説，「那你就説説吧，北海旅館裏的那個『自殺者』是你殺的吧？」

「是。」漁靈點點頭。

「具體經過。」

「那天，我去刮硝石，我進了地下室，地下室當時沒開燈，其實裏面有個醉鬼在睡覺，我不知道，就在那裏刮硝石。以前有人進來開燈，我會躲避，躲避不開就直接射滅燈泡，我不喜歡強光照射。」漁靈説道，「但這次不一樣了，那人躺在牆角，我又急着刮硝石，根本就沒注意，結果我的聲響吵醒了那人，他看到我身上發出的螢光，先

是驚叫，然後用椅子砸我……」

「你就反擊了？」南森説着看了看幾個小助手，「看來是科林喝多了，幫忙搬運啤酒後直接在地下室睡着了。」

「我……」漁靈的語速放慢了，「他看到我了，應該也知道我是個幽靈，他活着出去一定會去魔法師聯合會報告，以前他們最多看到我的影子，都會認為是幻覺，這次不一樣了，我都不知道他觀察我多長時間。我其實盡量避免殺人的，因為我還要在這裏採集硝石，但這次沒辦法了，我就……用窒息術，讓他周邊空氣凝固，瞬間他就窒息而死了，我……我經常來這裏刮硝石，而這又是人類活動的地方，我早就想到有一天會被發現，我早有應對計劃……」

「你的計劃就是滅口！」海倫很是憤怒地説。

「我不滅口就會被發現。」漁靈還在強行狡辯。

「你是怎麼偽造現場的？」南森對海倫擺擺手。

「我根據情況偽造現場了。」漁靈看看南森，「我殺了那個人，我知道他不是旅館老闆，一定是房客，我就翻他的口袋，果然找到101房間的門卡。那時已經是凌晨，我就背着他上到一樓，進了101房間。他是窒息死的，我

把他懸浮到窗邊，偽造了一個上吊自殺的現場，還放倒一把椅子，一切就像是他自殺一樣。」

「確實很有手段。」南森轉身看看魯道夫，「科林的窒息死亡徵狀剛好符合自縊的死亡特徵，兇手又是一個幽靈，偽造現場時利用法術，很輕鬆，也不會留下什麼痕跡。」

「是呀。」魯道夫手裏握着的槍一直沒收起來，他看着漁靈，「你搬運死者去一樓的時候，不怕遇到其他人嗎？遇到其他人怎麼辦？」

「那是半夜，沒有人走動。」漁靈說，隨後他冷笑起來，「要是真遇上……一樣殺。」

「你……」派恩指着漁靈，「你生前就殺人，現在還殺人，滿腦子殺人，你的罪行可以拉出去槍斃五分鐘了！」

「還有呢，剛才你是怎麼用魚雷攻擊我們的？對了，先說說在海邊你是怎麼發現我們的？」南森又問了大家關注的問題。

「我知道現在的漁船都去深海捕魚了，你們的那條漁船在我的藏身洞旁突然停下，漁船上連漁具都沒有，我怎麼會不起疑心？我就用遠視眼法術看到你們了……」

「啊，有漁具的漁船都出海了，我只能借到這條剛維修好的。」魯道夫很是懊惱地説，「我的失誤，我的失誤！」

「魚雷怎麼來的？」南森繼續問。

「我在深海裏撿的，撿了好多年了。」漁靈説，「我把魚雷隱蔽地埋在洞口前，如果海面上有來敵就用法術操控魚雷射出，地面上有來敵，只要靠近洞口，我就直接引爆。」

「哇，還好我們在海面上。」保羅聽到這話，很是害怕地説。

「這傢伙太壞了！」本傑明走上去狠踢漁靈伊森一腳，「博士，沒問題了吧？把他收進裝魔瓶⋯⋯」

「不⋯⋯把他交給魔法師聯合會，稀有幽靈，要多加研究，未來魔法師也許還會遇到這樣的幽靈。」南森若有所思地説。

尾聲

一個月後，倫敦北部的攝政公園人工湖上的湖心島上熱鬧非凡，第三十屆冠軍杯少年航海模型船追逐賽就要開始舉行了，一共有二十艘模型船參賽，賽道繞湖心島一圈，最先環繞完一圈到達終點的船為冠軍，比賽的前三名分別獲得冠、亞、季軍稱號，並能獲得獎金。

「⋯⋯派恩，這次你行不行呀？」海倫在派恩身邊不無擔心地問，派恩也是參賽選手之一。

「希望能行啦，雖然我不看好你，但作為同事，我連遊戲都沒玩就來支持了。」本傑明先看看派恩，又看看南森和保羅，「就連博士和保羅也來為你助威了，你可要加油呀！」

「放心吧，去年我第五名，今年我一定能奪冠。」派恩說着對海倫擠了擠眼。

「哦，口氣可不小呀⋯⋯」南森笑着說。

「能進前三名就不錯了。」保羅在一邊說。

喇叭裏傳來廣播聲，比賽選手全部到岸邊集合，水面上，二十艘模型船已經靜靜等候，和派恩差不多大的選

手們將在岸邊操縱遙控器引導自己的船前進。派恩拿着遙控器，來到岸邊，他的模型船是藍色的，派恩給它命名為「派恩第一」號。

　　發令槍響起，比賽開始了，二十多條船一起出發，你追我趕。岸邊更加熱鬧，加油聲震天，選手們的親朋都非常興奮，海倫和本傑明跟在那些船後面，大叫着讓派恩加油。保羅興奮地搖着尾巴。

　　模型船很快就拉開距離，「派恩第一」號開始就領先，不過快到終點時，連續被三艘船超過了它。

　　「哎，第四名，還是沒有名次。」本傑明灰心地說。

　　這時，意想不到的一幕發生了，只見派恩的模型船船頭突然打開，一根魚雷發射管伸了出來，隨即發射管裏射出一根鉛筆大小的鐵棍，鐵棍入水後直接射向派恩前面的那艘船，「噹」的一聲，那艘船被射中，倒是沒有爆炸，但是航向因撞擊而立即改變，一頭撞在了岸邊。

　　「嗖——嗖——」，又有兩枚「魚雷」射出，最前面的兩條船先後被擊中變向，歪到了一邊，「派恩第一」號立即就超前了過去。

　　「哈哈，我第一！」派恩激動地舉起遙控器，魚雷及發射管是他加裝在模型船上的。

　　「這是嚴重違背比賽道德的行為——」廣播裏傳來裁判員憤怒的聲音，「是誰？藍色模型船的操作者是誰？家長在哪裏……」

　　岸邊一片譁然，好多人都憤怒地衝向派恩，一起大聲譴責。

　　「我沒有呀，我沒違背比賽道德，我沒有多安裝發動機，規則上也沒說不能展開攻擊……」派恩嚇壞了，「博士救命……」

　　「噢，派恩呀派恩。」南森搖着頭，「我們一會要好好談談了……」

麥克警長，蘇格蘭場（倫敦警察廳）高級督察，南森和警方的聯絡人，也是一名大偵探，屢破奇案。當然，他所偵辦的都是人類世界中的案件。一起來看看他偵辦過的案件，運用你的推理能力，想一想他是如何破案的呢？

鑽戒失蹤之謎

亞伯丁開往倫敦的列車上，麥克警長看着報紙，再過半個多小時，列車就到達倫敦了。從昨晚十點開車，列車已經運行了快十個小時了。旅客們休息了一個晚上，此時已紛紛洗漱完畢，等待下車。

忽然，車廂中部的洗手間那裏傳來一陣爭執聲，麥克立即放下報紙走了過去。原來，一位女士在洗手間洗臉的時候把一枚鑽戒放在洗手台上，離開後發現沒拿鑽戒，返回去時看到一個年輕男子正從裏面出來，而自己的鑽戒不見了。

「我離開的時候你進洗手間，這麼短的時間，沒有其他人進來，就是你拿了我的鑽戒！」女士激動地指着年

輕男子説。

「你走後確實只有我進了洗手間。」年輕男子瞪着那個女士，「但是你確定把鑽戒放在洗手台上了嗎？回家找找吧！」

麥克警長向他們表明自己的身分，讓兩人先不要爭吵。

「警長先生，你可以搜身，我只有手上的牙刷、毛巾和香皂，口袋裏什麼都沒有⋯⋯」年輕男子激動地對麥克説。

「我想⋯⋯我知道鑽戒在哪裏⋯⋯」麥克警長説道。

果然，麥克警長從年輕男子那裏搜出了那枚鑽戒。

請問，麥克警長怎樣找到鑽戒的？

魔幻偵探所 30

幽靈旅館（修訂版）

作　　者：關景峰

繪　　圖：陳焯嘉

策　　劃：甄艷慈

責任編輯：周詩韵

美術設計：李成宇

出　　版：新雅文化事業有限公司

　　　　　香港英皇道499號北角工業大廈18樓

　　　　　電話：（852）2138 7998

　　　　　傳真：（852）2597 4003

　　　　　網址：http://www.sunya.com.hk

　　　　　電郵：marketing@sunya.com.hk

發　　行：香港聯合書刊物流有限公司

　　　　　香港新界大埔汀麗路36號中華商務印刷大廈3字樓

　　　　　電話：（852）2150 2100　傳真：（852）2407 3062

　　　　　電郵：info@suplogistics.com.hk

印　　刷：中華商務彩色印刷有限公司

　　　　　香港新界大埔汀麗路36號

版　　次：二〇一七年十二月初版

ISBN：978-962-08-6935-8

魔幻偵探所